개에게 배운다

철창 너머 세상으로,
그 10년의 기록

2016년, 김포의 한적한
마을 한구석에 유기견 보호소를 열었다.

간판에는 철창 안에서
눈물을 흘리는 두 마리 개가 그려져 있다.
그 위로 뛰어올라 환히 웃는 아이들을
볼 때마다, 보호소에 오는 모든 개들이
그런 밝은 표정으로 이곳을 떠나길 바라게 된다.

그리고 지난 10년간,
보호소는 상처 입은 수많은 개들이
새로운 세상을 경험하는
공간이 되었다.

뉴욕에서 온 봉사자 브루스가 한 달간 머물며
손수 만들어 준 울타리 안에서도,
그 너머로 이어진 바다가 보이는 산책로에서도,
철창을 벗어난 개들의 즐거운 발소리가 끊이지 않았다.

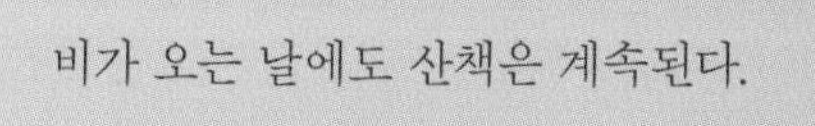
비가 오는 날에도 산책은 계속된다.

홀로 100여 마리의 개들을 돌보는 일은 불가능에 가깝지만,
궂은 날씨에도 마다하지 않고 기꺼이 시간을 나누는
봉사자들이 있어 보호소는 늘 온기로 가득했다.

보호소에는 각기 다른 생김새와
사연을 가진 개들이 산다.
그중 대부분은 '식용견'이라는 잔인한
이름으로 불리며 죽음 직전까지
몰렸다가 구조된 아이들이다.

구조 현장은 언제나 참혹하다.
철창에 빽빽하게 들어찬 개들은
음식물 쓰레기와 함께 나뒹굴고,
온갖 질병을 달고 있다.

그곳에서 개들을 빼내기 위해
자물쇠를 여는 순간에는 늘
긴장감과 기대감이 교차한다.

구조에 성공하면,
개들을 하나둘 켄넬에 태워
보호소로 데려간다.

보호소에 도착한 개들은
태어나 처음으로 넓은 땅을 밟고
냄새를 맡으며 자유를 만끽한다.

하지만 모든 개에게
구조의 손길이 가 닿을 수는 없다.

구조되지 못한 개들은
트럭에 실려 개시장이나
보신탕집으로 향한다.

복날이 다가오면 청량리 경동시장에서
시위를 벌였지만, 그곳의 개들은 한 시간 뒤의
생사조차 기약할 수 없었다.
구조에 실패하고 돌아설 때의 무력감은
쉽사리 가시지 않는다.

개식용반
STOP! DOG
not for food!

그래서 우리는 시위 때마다
그곳에서 스러져 간 개들을 기리기 위해
제단을 마련하고 기도를 올린다.

지구 어디에도 갇힌 동물이 없기를,
학대받거나 고통받는 동물이 없기를,
사람에게 상처받은 모든 동물이
사람을 용서해 주기를.

일러두기

1 이 책은 저자의 13년 동안의 동물보호 활동 경험을 바탕으로 쓰였습니다.

2 일부 에피소드는 익명성 보호를 위해 상황을 적절히 각색하거나 가명을 사용했습니다.

3 출처는 후주로 표기했습니다.

개에게 배운다

김나미 지음

판미동

차례

개와 고양이는 세계 어디를 가도 길거리에서 만날 수 있는 반가운 친구들이다. 아무리 초면이어도 꼬리 치며 반기고, 쫓아와서 '간택'하기도 한다. 어디를 가도 내 눈에는 개만 보인다. 30년이 넘게 배움과 가르침을 위해 학교만 다니다가, 50대에 유기견 보호소를 운영하며 동물보호 활동에 뛰어든 10여 년은 내 인생의 전환점이 되었다. 그 세월 동안 3,000마리에 가까운 개들을 구조하고, 돌보고, 해외 입양을 보냈다.

나는 애견훈련사도, 애니멀 커뮤니케이터도 아니기에 이 책의 내용은 개와 함께한 나의 주관적인 경험과 체험이 대부분이다. 살아오면서 가장 아름다웠던 순간을 떠올려 보면 그 중심에는 언제나 사람이 아닌 개가 자리하고 있다. 긴 시간 개와 더불어 살다 보니 개들은 사람보다 강인하고 배울 점이 많은 존재라는 것을 깨달았다. 우리가 살면서 죽는 날까지 배워도 다 못 배울 것들을 이미 전생에 깨우치고 온 것 같다고 느낀다. 개들은 인생의 중요한 순간마다 내게 필요한 것을 알려 주고 적절한 방향으로 이끌어 준 스승들이다. 이 책에서는 어떻게 개에게 삶의 지혜를 배우게 되었는지 되돌아보며, 보호소를 운영하며 만난 특별한 인연들을 소개하려 한다.

보호소에서는 한 지붕 밑에서 개들과 살았기에 24시간 내내 일손이 부족했다. 구조 현장, 집회, 미팅, 동물병원 등으로 외출하는 날에는 새벽에 밥을 주고 서둘러 나가야 했다. 그래서 10여 년간 아이들을 해외로 입양 보낼 때마다 공항에서 "좀 더 잘해 줄걸." 하는 후회가 밀려왔다. 몸이 약해 오래 서 있기도 힘든 탓에, 한 마리 한 마리에게 충분한 관심을 주지 못했던 것이 가장 큰 아쉬움으로 남는다. 짧은 견생을 사는 그들에게 좀 더 잘해 주지 못한 반성도 이 책에 담았다.

그럼에도 불구하고 개들에게 배운 것은 헤아릴 수 없이 많다. 개들의 순진무구한 영혼의 깊이는 바다와 같고, 우리가 단 10퍼센트만 그들에게 배우려 노력해도 이 세상은 훨씬 즐거운 지상 낙원이 될 수 있을 것이다. 이것이 지난 세월 속에서 나에게는

'체험된 진리'로 다가온다. 사람에게서 찾지 못한 감동을 개들에게서 발견한 나의 여정이 이 책 『개에게 배운다』에 담겨 있다. 이 책이 개와 인간의 더 나은 공존을 위한 작은 징검다리가 되길 바란다.

2025년 5월 양평에서

김나미 합장

1장

나의 털 긴 스승들

“

오랫동안 책과 스승에게서, 또 직접 수행하며 찾던 것은
별 게 아니었다. 이 깨달음을 준 것이 바로 내 곁의 개들이다.

개와 함께 살아가며 인생의 의미를 발견했고,
나는 지금 전과 같은 갈증 없이 포근하게 안착해 있다.

그러므로 내가 개들에게 손을 내밀었던 순간들이
사실은 내 영혼을 구원한 순간이었다.

”

넌 어쩌다 나에게 왔니?

가끔 우리 보호소에 온 봉사자들은 내가 수십 마리의 개들과 한 지붕 아래 사는 것을 보고 묻곤 한다. "선생님에겐 개가 어떤 존재인가요?" 그럼 난 쉽게 대답을 하기가 어려웠다. "글쎄, 나에게 가족이자 소울메이트예요." 그러면서 평생 공부한 종교라는 틀 안에서 신(God)을 찾다 결국 그 단어를 뒤집은 개(Dog)에서 답을 찾은 나의 이야기를 들려주곤 했다.

어릴 적부터 사람 친구를 사귀기보다 책에 몰입하는 것을 좋아하던 내 옆에는 늘 개들이 있었다. 책을 읽다가 궁금한 게 생기면 개에게 얼굴을 가져다 대고 주절주절 말을 많이도 걸었다. 『어린 왕자』를 읽으면서 "우리나라에 바오밥나무가 있을 것 같니? 그 나무를 어디 가서 볼 수 있을까?" 질문하고, 속상한 일이 생기면 "난 언니 오빠가 미운데, 넌? 넌 내가 제일 좋지?" 속닥거리며 시시콜콜한 마음을 나누기도 했다. 아무리 귀찮게 해도 개들은 때론 고요하게, 때론 온몸으로 대답해 주었다.

학창 시절부터 노년에 이르기까지, 개들과 교감을 하면 삶의 중요한 순간마다 깨달음이 찾아왔고, 새로운 길이 만들어졌다. 신과 나눈 대화들이 특별하게 기록되어 있듯, 내가 개들과 나누었던 대화들도 그 못지않다. 게다가 개들이 알려 준 것들이 오랫동안 깊게 공부하고 찾고 가르쳤던 종교의 그 어떤 교리보다 나에게 가장 설득력 있는 가르침으로 다가왔으니, 나에게 '개'는 사람들이 말하는 신과 같은 존재다. 난 이렇게 해석한다. 만약 신이 있다면, 그 신이 모든 곳에 함께할 수 없어 한 동물을 진화시켜 우리와 가족으로 살도록 한 것은 아니었을까? 혹은 신이 우리 모두를 만족시키지 못해 대타로 개를 지상에 보내 주었다든가, 일일이 기도에 답할 수 없으니 개에게서 배우라고 한 것은 아닐까?

크고 작은 만남, 스치거나 질긴 인연으로 내 인생의 방향을 잡아 준 고마운 털 긴 스승들은 전생에서 현생으로, 아마도 내생까지도 내게 가르침을 줄 것 같다. 하얀 백지처럼 천진난만하고 순진무구한 개들은 보고 있는 것만으로 내 잡생각과 온갖 고정관념, 선입견, 편견 등을 한꺼번에 쫓아내 준다. 이들에겐 학습된 관념이 없다. 맑은 호수처럼 오염되지 않은 의식은 옆에 있는 사람까지 어린아이로 만들어 준다. 개 덕분에 상상도 못 했던 무아의 경지를 처음 경험하게 되었고 내 안의 에고, 아상, 아집의 정체를 어렴풋이 알게 되었다. 이것이야말로 귀한 개들이 나에게 준 최고의 선물이다.

그뿐인가? 어렸을 적에는 말벗이었던 개들은 내가 나이 들면서 자식, 손주가 되었고, 세상의 폭풍우를 비껴가게 해 주는 안식처도 되었다. 특별한 몇몇은 분명한 목적을 가지고 내게 왔다는 느낌도 든다. 그들과의 교감이 아니었다면 평생 하지 않았을 일, 만나지 못했을 인연을 잔뜩 가져다주었기 때문이다.

가까스로 나에게 왔던 털 긴 친구들은 버려졌거나, 심한 학대를 당해서 사람을 극도로 무서워한다는 공통점이 있다. 특히 먹힐 뻔한 위험에서 구조된 아이들은 사람 그림자만 봐도 사시나무처럼 몸을 떨 정도로 트라우마의 정도가 상상 이상이다. 이런 아이들에게는 "나도 너처럼 사람이 무섭단다, 그러니 우리 친구 하자."라며 속삭여 주곤 했다. 그럴 때면 '나는 사람, 너는 개'가 아니라 '동지'라는 느낌이 강했다. 털이 길고 짧고의 차이만 있을 뿐 동격의 생명체였다.

지금도 생각만 하면 속절없이 눈물이 나는 몇몇 아픈 기억들이 있다. 참담한 환경에서 극적으로 구조했지만 질병으로 고통받은 아이들, 눈앞에 두고도 꺼내 오지 못했던 아이들……. 그럼에도 지난 세월 내 손으로, 또는 다른 구조자에 의해 구조되어 나와 한 지붕 밑에 살다 비행기 태워 해외 입양을 보낸 개들이 3,000마리에 가깝다. 인생에서 가장 보람 있고 흐뭇한 경험이었다고 장담한다. 그래서 나는 얼마 남았는지 모르는 여생 동안 자주 이런 말을 되뇌일 것 같다. "어쩌다 나에게 왔었니? 너희들 덕에 한평생 잘 살았다." 그러다 요즘에는 "너는 어쩌다 나에게 왔니?" 하는 현재형의 속삭임을 많이 한다. 인생의 마지막 챕터에 들어선 것이 느껴지기 때문일 테다.

이 질문을 수천 번 되풀이하며 살아오면서, 개들에게서 종교 서적의 어떤 페이지에서도 찾지 못했던 답을 발견했다. 내가 추구해 왔던 무언가는 지금 와서 생각해 보면 애매하기만 한 것이었다. 우주의 법칙, 자연의 이치, 인생의 의미 혹은 옳은 삶, 진정한 행복과 같은 '진리'를 20여 년 동안 찾아 헤매고 나서야 그에 대한 답이 따로 없다는 것이 바로 해답임을 깨달았다. 오랫동안 책과 스승에게서, 또 직접 수행하며 찾던 것은 별 게 아니었다. 이 깨달음을 준 것이 바로 내 곁의 개들이다. 개와 함께 살아가며 인생의 의미를 발견했고, 나는 지금 전과 같은 갈증 없이 포근하게 안착해 있다.

그러므로 내가 개들에게 손을 내밀었던 순간들은 사실 내 영혼을 구원한 순간이었다. 이제는 누군가 내게 "종교가 뭐예요?" 물으면 자신 있게 대답한다. "고통 속에 있는 생명에게 손 내미는 것, 그 이상도 이하도 아니에요."

첫 번째 스승들

내가 처음으로 조용히 귓속말을 속삭이며 마음을 내보이던 대상은 당시 너무나 흔했던 이름을 가진 나의 첫 반려견 해피와 메리였다. 옆 동네에서 태어난 진도믹스 여덟 형제 중에 두 마리의 백구 어린이들은 나와 같이 먹고 자며 자연스럽게 말동무가 되었다.

약골로 태어나 병치레가 잦은 나와는 달리 둘은 무척 건강했다. 나처럼 약을 먹을 필요도 없이, 낮이든 밤이든 쿨쿨 잘 자고 잘 먹고 소화도 잘했다. 특히나 학교 시험을 앞두고 있을 때면 걷잡을 수 없이 부러웠다. 성장 속도가 빨랐던 해피와 메리는 금세 십 대인 내가 못 따라갈 정도의 덩치가 되어 버렸다.

늘 집에서 나와 함께해 주는 털 긴 벗들 덕에 난 청소년기에 사람 친구를 사귀지 못했다. 아니, 굳이 필요하지 않았던 것 같다. 말동무가 필요하면 이 둘에게 주절주절 오만 가지 주제로 말을 걸었고 덕분에 책과 음악만으로도 정서적으로 안정된 청소년기를 보냈다.

해피와 메리가 날 기다릴 것을 알기에 학교를 마치면 집으로 달려오기 바빴다. 내가 돌아오면 잔뜩 흥분해서는 대문부터 마당, 방 안까지 요란하게 꼬리를 흔들며 펄쩍펄쩍 뛰어다니던 모습이 아직도 눈에 선하다. 누구라도 나를 매일 같은 온도로 그렇게까지 반겨 주진 못했을 것이다. 방에서 혼자 울고 있을 때 다가와 눈물을 핥아 주었던 모습도 기억한다. 내 감정을 읽고 슬며시 옆에 와 앉아 나를 위로했던 건 부모님도 형제도 아닌 두 마리의 개였다. 개들이 사람 감정을 귀신처럼 읽어 낸다는 것을 그때 처음 알았다.

아마도 나라는 학생 하나가 그들에겐 온 세상이었던 듯하다. 내가 한 것이라곤 밥을 챙겨 주거나 마당에서 잠깐 공을 던지며 놀아 주는 것뿐, 그외에 특별히 해 준 것도 없었다. 평소엔 내 밥상의 음식을 나눠 주고 여름엔 삶은 감자, 겨울엔 군고구마 정도를 간식으로 주었다. 손님을 대접할 때가 아니면 집에 고기반찬이 없었기에 특식을 따로 챙겨 주지도 못했다. 그래도 뭐든 더 달라고 보채지도 않고 말썽 한번 부리지 않았다.

그렇게 동고동락한 지 10년이 넘자 둘에게 전에 없던 증상이 나타났다. 털이 빠지고 여기저기 부딪히기 시작하더니 자꾸 어두운 구석으로 숨어들었다. 해피가 먼저 떠났고, 메리는 정확히 한 달 후 기어코 해피를 따라가고 말았다. 개의 수명이 짧아 언젠가는 헤어지고 만다는 슬픈 사실 또한 해피와 메리를 통해 처음 절감했다. 책에 파묻혀 있느라 더 많은 시간을 같이 놀아 주지 못한 점이 내내 후회로 남았다.

한동안은 멍하니 있다가 울기를 반복했다. 보고 싶은 마음이 크면 통할 것이라 믿고 마치 내 앞에 있는 것처럼 "너희들은 어쩌다 나에게 왔다 갔니?" 하며 말을 걸었다. 하고많은 사람과 개 중에 우리가 만나 10년가량을 함께한 것에는 무언가 의미가 있을 터였다. 이 당시의 궁금증은 훗날 내가 종교 공부에서 업과 전생, 내생, 윤회와 같은 주제를 더 깊이 연구하게 하는 계기가 되었다. 이것이 훗날 개들과 깊은 교감을 나누게 된 것의 시초이기도 하다.

미국에서 유학을 하면서 점차 모든 것이 잊혀 갔다. 그러나 타국에서 개 없이 지내는 것은 허무하고 고역이었다. 기숙사에 혼자 남겨져 있느니 차라리 개를 보러 가자는 마음에 주말이면 유기견 보호소로 봉사를 다녔지만, 유독 마음이 가는 아이가 있어도 각별해지지 않으려 애썼다. 해피와 메리를 보낸 상실감이 아물지 않아 '이 아이도 죽으면 어쩌지?' 하는 두려움이 가득했기 때문이다.

두 번째 반려견 기쁨이를 만난 건 한 학기 휴학을 하고 한국으로 돌아왔을 때였다. 수녀원에서 임시보호 중이던 기쁨이를 데려오게 되면서 이참에 마당 넓은 집을 구하기로 했다. 내가 학교에 가도 혼자 뛰어놀 수 있는 공간이 필요했기 때문이다. 그렇게 고른 집이 하필이면 북한산 꼭대기에 있었다. 그 동네에서 야생의 개들을 직접 목격할 기회를 몇 번 얻으면서 야생 개의 습성을 배우고 거리의 개들에게 밥 주는 일을 시작하게 되었다.

그즈음 난 성경과 불경을 깊이 파고들었고, 전국의 종교 시설이나 영성 공동체를 찾아다니며 느낀 것을 엮어 신문에 연재를 하고 있었다. 가끔 성경의 구약을 읽다 보면 이스라엘 민족도 아닌 내가 왜 이스라엘 백성에게 하는 말을 보고 있나 하는 의문이 일어, 점차 불경에 깊이 매진했다. 불경을 한 구절씩 음미하며 의미를 탐색하다 잠깐 눈을 돌리면 기쁨이가 나와 눈을 맞춘다. 서로의 시그널이 교환된다. 매일같이 서로 지긋이 눈을 보고 있다 보니 자연스레 교감이 되고 끈끈한 유대감까지 느끼게 되었다.

교감의 과정은 단순하다. 꼭 소리를 내지는 않아도 괜찮았지만, 대체로 내가 먼저 낮은 목소리로 속삭이면서 교감이 시작되었다. 기쁨이는 내가 무슨 말을 하든 귀신같이 다 알아들어 자주 나를 웃게 만들었고, 나 또한 기쁨이가 짖으면 그 세기에 따라 개의 감정을 파악해 맞장구를 쳤다. 서로가 서로를 이해하면서 기쁨이는 귀국 후 내가 한국 생활에 잘 적응할 수 있도록 이름 그대로 큰 기쁨을 주었다.

개가 얼마나 영특한지도 기쁨이를 통해 깨달았다. "기쁨아, 네가 나보다 낫다."라는 말을 얼마나 자주 했는지 모른다. 내가

수녀원에서 데려온 기쁨이 1번

영특했던 기쁨이 2번

어디 두었는지 몰라 찾지 못하는 물건을 기쁨이는 잘도 찾아냈고, 두통 때문에 머리를 만지기라도 하면 나를 약통이 있는 서랍으로 끌었다. 첫 기쁨이가 다녀간 후에 나는 기쁨이와의 좋은 추억을 간직하고자 이후에 온 개의 이름을 '기쁨이'로 지었다. 그렇게 기쁨이 2, 3, 4로 명명한 세 마리의 기쁨이가 더 다녀가며 각자의 기쁨을 함께했다.

회상 가능한 모든 추억을 되돌리다 보면 무척 단편적으로 나타나 사라지기도 하고 어떤 경우는 그 오랜 세월이 무색하게 무척 선명하게 보이기도 한다. 확실한 건, 개 없이 살았던 시절은 하나같이 어둠 속에서 헤매는 느낌이었다는 것이다. 반면 그들이 내게 남긴 가르침은 명확하다. 진정한 환대와 말 없이 나누는 교감의 기쁨을 해피와 메리, 그리고 기쁨이들은 내게 가르쳐 주었다.

보디와의 약속, 보호소의 시작

공부를 마치고 강사가 된 나는 겨울 방학만 되면 해외로 날아갔다. 추위를 피한다는 핑계로 시작된 해외 봉사는 나를 자연스럽게 따뜻한 동남아로 이끌었다. 일찍이 가 본 유럽 대부분의 국가에는 이미 적극적인 정부의 동물보호 정책이 자리 잡혀 있었지만, 태국, 미얀마, 라오스 등 동남아 국가에는 도움이 필요한 개들이 많았다. 그 가운데서도 태국 치앙마이는 나에게 제2의 고향과 같은 단골 도시였다. 늘 가던 숙소에 짐을 풀고 나면 골목이나 사찰 근처에 떠도는 개들을 찾아다니며 밥을 주거나 가져간 구충약을 먹이곤 했다.

방학이 짧다고 느낀 나는 2012년 여름, 1년간의 안식년을 갖기로 하고 치앙마이로 향했다. 평소처럼 숙소 부근 대로변 뒷길로 사료를 주러 가던 어느 날, 차 사고로 쓰러져 있는 개 두 마리를 발견했다. 다행히 현장 주변 가게 주인의 도움으로 바로 동물병원을 찾아갈 수 있었다. 다리가 부러진 상태였지만 수술이 잘 되어 일주일 후 퇴원을 할 수 있었다. 문제는 아이들을 데리고 갈 곳이 없다는 것이었다. 타지라 내 집이랄 게 따로 없었고, 내가 머물던 숙소는 개와 고양이의 출입이 금지되어 있었다. 그때

남쪽으로 한 시간 거리에 있는 열악한 유기견 보호소 산띠숙과 처음 인연을 맺게 되었다.

산띠숙은 태국어로 '평화로운'을 뜻한다. 산띠숙 보호소는 시설이 삐까뻔쩍하진 않았지만, 다쳐서 치료가 필요하거나 위험에 처한 길거리의 개와 고양이를 구조하여 보호하는, 이름 그대로 평온한 곳이었다. 치앙마이는 현지 입양률이 매우 낮아 대부분의 아이들이 생을 마감할 때까지 그곳에서 지냈다.

이때의 인연으로 산띠숙에 봉사를 나가면서 나는 산속 들개의 중성화 수술을 전문으로 하는 단체에도 발을 들이고, 들개 포획과 수술 후 회복을 담당하게 되었다. 점차 활동 반경이 넓어져 다른 보호소의 모금행사에 참여하기도 했다. 할 일은 무궁무진했다. 나는 주로 새로 구조된 개들이 있는 견사에 들어가 적응을 살피고, 특히 치료 중이거나 사람에 대한 트라우마로 겁이 많은 개들을 집중적으로 돌보며 옆에서 시간을 보냈다.

수술을 마친 고산족 개들은 한방에 누워 돌봄을 받았다.

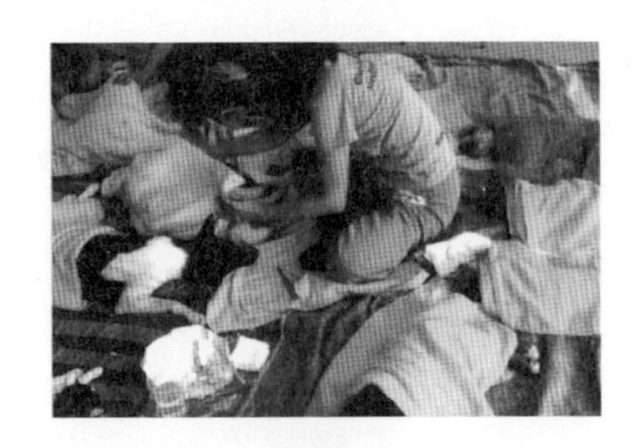

2012년에 처음 방문한 산띠숙 보호소의 전경

하루는 날을 잡아 며칠 전부터 눈여겨보던 얼룩무늬 개 한 마리에게 다가갔다. 충분히 내 냄새에 익숙해져 있었음에도 절대로 사람에게 곁을 주지 않는 아이였다. 내가 지어 준 이름은 보디(Bodhi). 산스크리트어로 '깨달음'을 뜻한다. 보디는 늘 보호소 한쪽에서 고개를 떨구고 바닥만 응시했다. 사람이 다가가면 선천적으로 지체 장애가 있어 움직이지 못하는 다리를 끌고 더 욱더 깊은 곳으로 숨어들어 갔다.

보디는 하수도에 버려져 있던 아이다. 비가 많이 오던 날 물살에 휩쓸려 가는 것을 마을 사람이 발견해 대나무를 던져 구조하고 보호소에 알렸다 한다. 발견 당시 나이가 한 살이었고, 보호소에 온 지 2년이 되어 세 살이 된 보디에겐 입양 신청이 들어온 적이 한 번도 없었다. 게다가 자꾸 피하기만 해서 일꾼들도 다가가기를 꺼렸다.

시간이 지나면서 보디도 점점 나를 받아들이기 시작했다. 새벽에 숙소에서 출발해 보호소에 아침 일찍 도착하면 마치 나를 기다렸던 것처럼 고개를 내밀고 내다봤다. 반갑게 인사하고 다른 일을 하다가도 나는 점심시간이 되면 내 밥그릇을 들고 보디에게 다가가 속삭이듯 이름을 불러 주었다. 보디가 누우면 나도 옆에 누워 같이 낮잠을 자기도 했다.

며칠 후 같이 하늘을 쳐다보다 말을 붙이자 보디가 내 허벅

보디는 견사 한구석에 숨어 있다가
가까이 다가가면 두려운 눈빛만 보냈다.

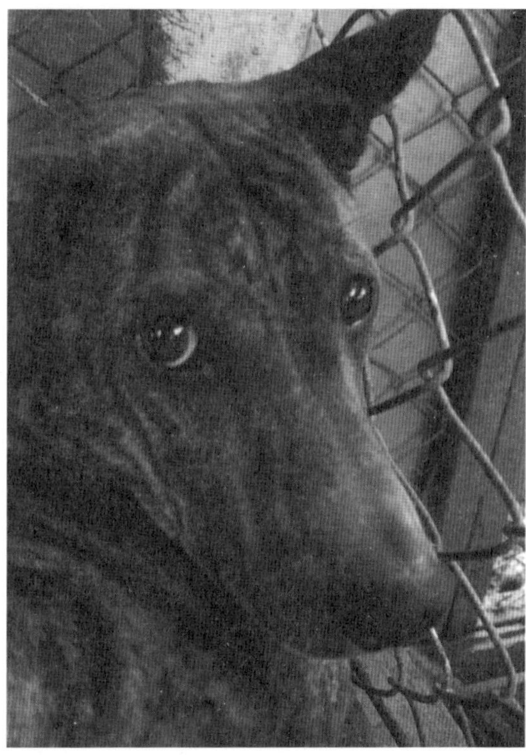

보디와 나의 낮잠 시간

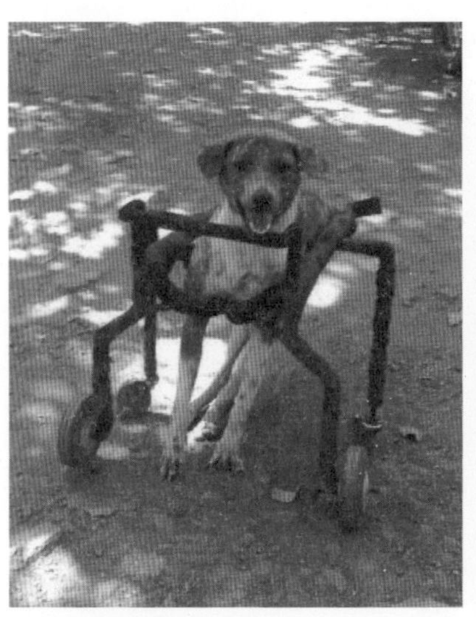

서툰 솜씨로 만들어 주었던 휠체어와
보호 바지를 착용하고 걸음을 떼는 보디

지 위에 슬그머니 머리를 올렸다. 허벅지에 온기가 닿던 순간을 잊지 못한다. 그때부터 난 보호소에 매트리스 하나를 마련해 두고 시내 숙소에서 짐을 가져와 거기서 지내기 시작했다. 그리고 손수 만든 휠체어에 보디를 태워 걷는 연습도 함께 시작했다.

한 달이 넘는 시점이었다. 보디의 얼굴이 점차 편안해지더니 간간이 미소도 보여 주기 시작했다. 하루가 다르게 표정이 밝아지는 보디의 모습을 보는 기쁨은 이 세상 어디서도 맛보지 못했던 깊은 충만감까지 안겨 주었다. 그렇게 우리 둘 사이엔 보이지 않는 영적인 다리가 놓여 있는 것만 같았다. 봉사의 큰 기쁨도 그때 터득했다. 그 무렵 남쪽의 한 휴양 도시에서 태국 전역의 동물보호 단체와 활동가들이 모이는 콘퍼런스가 있었고, 난 그곳에서 보디와 나누었던 교감, 그리고 어둠에서 빛으로 나온 보디의 변화 과정을 설명했다. 개가 우리에게 선사하는 환희와 사랑, 그 경험이 우리에게 어떤 의미를 지니는지.

시간은 빠르게 흘러 어느새 안식년이 끝나 갔다. 1년의 봉사를 마무리하며 며칠에 걸쳐 곳곳의 개들에게 마지막 인사를 전했다. 마지막 날에는 보디 견사에서 같이 자며 한 가지 약속을 했다. "이제 나는 한국으로 돌아가 너 같은 아이들을 위한 보호소를 만들기로 했단다."

태국을 떠난 나는 우선 미국으로 가서 친구들에게 보디와의 추억을 이야기하고, 장차 동물보호 활동을 하겠노라는 나의 계획을 알렸다. 그리고 몇몇 국제 동물보호 단체와 미팅을 했다. 그즈음 보디가 입양되었다는 고맙고 기쁜 소식을 들었고, 2년 후 내가 약속을 지켜 김포에서 보호소를 운영하고 있을 때는 보디가 무지개다리를 건넜다는 소식을 들었다. 비보를 듣자마자 당장 날아가 직접 얼굴을 보고 싶었다. 하지만 그때 난 이미 보호소 일과뿐 아니라 구조와 집회, 해외 입양으로 단 하루도 자리를 비울 수 없는 상황이었다. 마지막을 함께하지 못해 괴로운 마음을 달래며 몇 번이고 혼잣말을 되뇌었다. "육신이 다가 아니야. 우리는 계속 만날 거야, 보디야. 넌 나한테 보배였단다."

바쁘게 지내다가도 밤이 되면 보디가 보고 싶어 미칠 것만 같았다. 여느 때처럼 잠자기 전 베개 밑에 둔 보디의 사진을 보다가 저절로 보디와 영적인 교감의 길이 터졌다. 내 그리움이 보디를 끌어당기고, 보디의 에너지가 다시 내게 돌아오는 순환의 고리가 만들어진 듯했다.

무지개다리가 저 멀리 있는 것이 아닌 내 마음속에 있다는 강한 느낌이 왔다. 그리고 그날 밤 보디가 내 꿈에 나타났다. 꿈에서도 보디에게 뒤이어 속삭였다. "약속대로 너처럼 마음 아픈 네 친구들을 위한 보호소를 하고 있단다. 너의 마지막을 함께하지 못해 미안해."

이 책의 초고를 쓰던 2024년, 태국에서 길거리 개들에게 밥을 주며 2012년의 기억을 되새겼다.

보디와 약속한 지 12년 후, 난 다시 이곳 산띠숙 보호소로 돌아와 옛 추억을 더듬으며 보디와 같은 개들을 돌보고 있다. 보디가 있던 그 견사는 없어졌다. 그러나 같이 누워 있던 곳, 처음으로 휠체어를 만들어 태워 주던 자리, 그리고 내 청바지를 잘라 만들어 입혔던 엉덩이 보호 바지…… 그 모든 짜릿하고 뿌듯했던 순간들이 여전히 마음속에 또렷하게 남아 있다.

돌이켜보면 새삼 보디가 자기처럼 마음 아픈 친구들을 돌봐 달라고 나를 태국으로 이끈 것이 아닐까 싶다. 한국에서 보호소를 해산하자마자 동물 약품을 가득 채워 넣은 두 개의 큰 박스를 들고 돌아온 것을 보니 말이다. 그렇게 보디는 지금도 내 안에서 살아 속삭임을 나누는 사이로 남아 있다.

개들이 면접관이 되다

어렸을 때 우리 집에는 아버지의 손님이 드나드는 일이 많았다. 어김없이 누군가 방문한 어느 날, 밖에서 개들이 약속이라도 한 듯이 쉬지 않고 짖어 댔다. 처음 본 사람에게도 꼬리를 흔들며 반기는 아이들인데 여러 번 방문한 그 손님에게는 끝도 없이 짖는 게 의아했다. 그날 그 손님이 가신 후 아버지는 나를 불러 이렇게 말씀했다. "개들이 사람을 더 잘 안다. 그러니 개들이 계속 짖을 때는 나와서 인사를 안 해도 된다." 당시만 해도 '내가 모르는 뭔가를 재네는 아는가 보다.' 정도로 생각하고 넘겼다.

며칠 뒤 해피를 데리고 당시 한남동 단국대 뒤쪽 산으로 산책을 갔다. 그곳은 칡을 캐러 오는 동네 아저씨들만 종종 보이고, 그외에는 사람 발길이 뜸한 곳이었다. 커다란 칡덩굴 옆의 큰 바위를 지나던 찰나, 갑자기 해피가 짖더니 구슬프게 울기 시작했다. 전에는 보지 못했던 행동이라 집에 돌아와 가족들에게 그런 일이 있었다고 말했는데, 알고 보니 그곳에는 바위 위에서 안타깝게 죽은 이의 사연이 얽혀 있었다. 그래서 아버지가 개는 영물이라 하신 것일까? 그때부터 개의 직감을 단순한 동물적 본능으로만 설명하기 어렵다는 것을 느꼈고, 김포에 보호소를 설립한 후에 내가 아버지의 그 말씀들을 무의식적으로 삶에 적용하고 있다는 것을 깨닫게 되었다.

보호소를 설립하게 된 이야기는 2013년으로 거슬러 올라간다. 당시 부산 구포 개시장 폐쇄 작업을 하던 나는 그곳에서 구조한 개들을 몇몇 주변 도시에 위탁했다. 보살핌이 필요한 아이들이 점점 많아지면서 위탁비는 감당하기 어렵게 늘어만 갔다. 결국 2014년 인천의 한 폐가에 구조했던 개들을 데려다 두기 시작했고, 점차 자체 보호소의 필요성을 느껴 홀로 보호소 공간을 알아보기 시작했다.

주변에서 민원이 들어오지 않도록 외딴곳을 둘러보다 김포에 민가가 없는 외진 논 한가운데 서 있는 단독주택을 발견했다. 공간이 생긴 걸 누가 알기라도 한 걸까? 계약을 마치자마자 갑자기 부천 작동에서 300마리를 구조하게 되었다. 절반은 위탁처 두 곳으로 나눠 보내고 나머지 절반이 김포 보호소로 곧바로 합류했다. 기존 개체 수가 50마리였으니 전부 합해 200마리가 되었다. 월 30~40마리씩 비행기 태워 해외로 입양을 보내고 나면 위탁처에 맡겼던 150마리 중 몇 마리씩 데려와 빈자리를 채우는 순환이 계속되었다.

혼자서 모두를 돌보는 것이 불가능했다. 고민 끝에 결국 신문에 보호소 직원 구인광고를 냈다. 세상 물정 모르고 사람 볼 줄 모른다는 말을 몇 번 들은 적이 있던 터라 면접 첫날 우리 보호소의 개들을 면접에 동석시켰다. 너희와 시간을 보낼 사람이니 한번 보라는 가벼운 마음이었다.

신기하게도 개들의 반응은 지원자에 따라 확연히 달랐다. 어떤 지원자에게는 개들이 유난히 가까이 다가가 킁킁 냄새를 맡다가 꼬리를 흔드는 반면, 어떤 지원자에게는 문을 열고 들어오기가 무섭게 전원이 한꺼번에 계속 짖었다. 관상 전문가, 심리학자도 아닌 개들이 사람을 읽어 내는 데는 그리 오랜 시간이 걸리지 않았다.

연일 하루 서너 명의 지원자와 약속을 잡은 건 나였지만 사실상 면접은 개들이 보았다. 그 순간에는 다들 성실하고 좋은 사람들로 보였기에, 나는 오히려 개들의 표정이나 몸짓, 꼬리의 반응을 보고 함께 일할 사람을 골랐다. 개들은 마치 공항의 보안 스캐너처럼 사람의 머리끝부터 발끝을 읽어 내고, 겉으로 드러나지 않는 내면의 품성과 진심까지 감지하는 것 같았다. 이것이 영혼을 꿰뚫어 보는 원초적인 육감, 즉 '촉(觸)'이었을까? 실제로 개들의 부정적인 반응을 등한시하고 뽑았던 직원들은 후에 불미스러운 일로 퇴사했다. 베테랑 형사의 육감보다도 더 정확한 그들의 직감과 통찰력은 사람을 능가한다고 감히 말할 수 있다.

보디와의 약속으로 설립된 이 보호소는, 오갈 데 없는 개들에게 안식처가 되었다. 그리고 이곳에 오게 된 개들 덕에 좋은 사람들이 하나둘 모여드는 따뜻한 공간이 만들어졌다. 개들은 정말로 우리가 보지 못하는 진실을 볼 수 있다. 그들의 직관에 귀 기울이는 것이 얼마나 중요한지를 나는 매일매일 깨닫는다.

짧은 만남, 영원한 울림

보디 이후 또 다른 깨달음의 경험을 선사한 아이는 2017년 제보받고 출동한 개농장에서 만난 아이샤다. 주중이라 봉사자가 없어 동네 아저씨 한 분과 함께 방문한 현장의 광경은 참혹했다. 개똥은 한 번도 치운 적이 없는지 철망을 뚫고 나와 있었고, 악취가 심해 안에서 잠시라도 숨을 쉴 수가 없었다. 밖에 나와 몇 번이고 호흡을 가다듬고 거미줄과 오물투성이 뜬장에 겨우 들어갔을 때, 스물아홉 마리의 개들 중에 몸을 가누지 못하는 어린 백구 한 마리가 눈에 띄었다.

아이샤라고 이름을 지어 주고 병원으로 직행했다. 검사 결과, 아이샤의 몸은 파보 장염이 이미 진행되어 손을 쓰기엔 너무 늦은 상태였다. 파보바이러스 장염은 통증이 심하고 혈변이 계속되며 개의 목숨에 치명적인 병이다. 일주일간 김 원장님이 정성을 다해 보살피고 아이샤도 작은 몸으로 사투를 벌였으나, 차도가 없자 원장님은 이미 어떠한 수의학적 처치도 불가능하니 마지막 며칠을 잘 보내 주라며 퇴원을 권했다.

난 아이샤를 보호소 내 방 침대에 눕히고는 밥을 주거나 청소하러 갈 때마다 소독제를 뿌리며 돌봤다. 아이샤는 조금이라 아이샤가 발견된 개농장.
철창 앞의 밧줄은 개의 목을
걸어 죽일 때 쓰이는 것이다.

옆쪽에는 대형 나무 도마와
칼 등 도살의 흔적이 남아 있다.

제대로 서지도 못하던 상태였던
아이샤는 다시 방문해서 따로
데려왔다.

도 움직일 기운이 생기면 자꾸 침대 아래로 내려가려고 했고, 내 눈을 피했다. 그날부터 나는 바닥에 요를 하나 깔고 옆에서 함께 생활했다. 병원의 지시대로 약을 먹이고, 아이샤의 통증을 조금이라도 덜어 줄까 싶어 "내 손은 약손이란다." 속삭이며 쓰다듬는 것밖에 달리 할 수 있는 게 없었다.

민가가 없는 논 한가운데 위치한 우리 보호소는 밤이 되면 적막강산이다. 개들도 다 잠들고 주변이 완전히 고요해지면 그때부터는 온 우주에 우리 단둘만 있는 것 같았다. 내 영혼의 모든 힘을 끌어당겨 기적을 바라며 내 손을 아이샤 머리 위에 얹어 안수기도 비슷한 것도 해 보았다. 밤이 오길 기다렸다가 자장가를 불러 주다 보면 이 아이의 고통을 내가 다 가져오고 싶다는 마음이 들었다.

사흘째 되는 날, 내 심장에서 나오는 소리를 들려주기 위해 아이샤를 배 위로 끌어올렸다. 개농장에서 태어나 아는 세상이라곤 쇠창살이 전부고, 음식물 쓰레기와 그곳 주인의 발소리만 보고 듣고 자란 아이샤에게 사랑의 온기를 나눠 주고 싶었다. 아이샤는 내 품 안에서 스스로 녹아내리듯 몸을 맡겨 주었다.

아이샤의 고통을 내가 반만이라도 나누고 싶은 간절함이 절정에 달한 어느 밤이었다. 잠시 블랙홀과 같은 어딘가로 빨려 들어간 듯했다. 그 순간 나는 없고 눈앞의 아이샤가 온전히 나의 모든 세상이 되었다. 아침이 밝고 이게 무슨 일인지 분석하려 했지만 그건 머리로 되는 일이 아니었다.

이날 밤을 시작으로 '나'라는 존재가 완전히 사라지는 무아지경의 체험이 일주일간 몇 번인가 더 찾아왔고, 날이 갈수록 더 길게 지속되었다. "존재하는 모든 것은 서로 연결되고 얽혀 있을 뿐, 어느 것도 분리되어 존재하지 않는다."는 부처님의 가르침이 가슴 깊이 이해되는 순간이었다. 내가 종교적 수행을 흉내 내며 애써 찾던 것이 사실은 이런 것이었음을 그때 깨달았다. 그리고 난 그 느낌에 나를 맡겼다. 태어나 처음 맛본 평온함이자 지극한 환희와 충만의 상태였다.

아이샤는 퇴원한 지 열흘이 지난 새벽에 고요하고 편안하게 마지막 숨을 뱉으며 내 품에서 눈을 감았다. 아이샤 자신도 죽음을 감지했는지 체념한 듯싶었지만 죽음에 대한 두려움은 없어 보였다. 파보의 고통은 엄청나다는데 소리 한번 내지 않고 떠난 아이샤를 본 후 나는 아파도 아프다고 말할 수 없게 되었다. 이 역시 내가 동물에게 배운 점이다.

짧다면 짧고 길다면 긴 열흘 동안 아이샤 역시 나에게 크고 작은 가르침을 주고 떠났다. 고통 속에 있는 한 존재에게 온전히 집중했을 때 '나'라는 존재를 잊는 이 체험은 인간관계에서는 좀처럼 할 수 없는 것이었다. 절절한 마음으로 한 존재의 고통을 뺏어 오고 싶다고 기도할 때에야 나의 모든 것을 내려놓을 수 있기 때문이다. 꽉 움켜쥐고 있던 무언가가 흐물흐물 녹아내리며 그간 에고로 가려져 있던 그 무언가가 드러나는, 내가 없는 무아의 경지였다.

이후에도 개와 함께 있을 때는 내 안의 에고, 아상, 아집, 고정관념, 선입견, 편견, 욕심, 탐욕 등등 모든 부정적인 요소들이 한꺼번에 도망갔다. 자기중심적인 에고를 오로지 개 앞에서만은 놓아 버리고 내려놓을 수 있었다.

아이샤는 나에게 우리가 둘이라는 경계선을 완전히 무너뜨려 주었다. 난 이것이 바로 합일(合一), 즉 온전히 하나되는 것임을 깊이 느꼈다. 세상이 파동으로 이루어져 있듯, 서로 다른 파동 에너지를 가진 존재들이 특별한 순간에 같은 파장으로 공명하는 체험이었다. 이런 감정의 상태가 누구에게나 오는 것인지 궁금하여 미국서 만났던 몇몇 애니멀 커뮤니케이터들에게 이 이야기를 꺼낸 적이 있다. 그들도 깊이 교감할 때 나와 같거나 비슷한 경험을 한 적이 있었다며 동감을 표했다.

나에게 무아로의 접근을 가능하게 해 준 고마운 아이샤, 내가 몇십 년을 찾아왔던 궁극적인 무언가를 한 방에 날려 버렸다. 종교적인 가르침이 말하던 진리는 결국 오로지 고통 속에 있는 다른 생명체에게 손 내미는 소소한 체험 속에 있었다. 너도 나도 신이고, 부처이고, 또 우주였다. 에고의 작동만 멈춘다면 큰 충만과 환희를 평생 맛볼 수 있었다.

난 오늘도 묻는다. "보디야, 아이샤야, 너희들은 어쩌다 나에게 왔다 갔니?" 오늘의 내가 갈증 없이 평온하고 평화롭게 일상을 살아가는 저력은, 내게 강력한 깨우침을 주었던 이 두 마리 개에게서 나왔다 해도 과언이 아니다. 개와 함께라면 나의 평온은 보장되어 있다.

삶의 해답은 언제나 우리 발치에

나에게 기폭제처럼 깨우침을 주고 나 자신을 돌아보게 만들었던 개들은 수없이 많다. 허약한 몸으로 매일 평균 100마리의 개들을 돌보며 혼자 사단법인과 보호소를 운영하고, 또 집회와 캠페인까지 진행할 수 있었던 건 모두 개에게 받은 에너지 덕분이다. 구조한 개들과 눈을 맞추고 교감에 몰두하다 보면 온갖 골치 아픈 문제가 사라지고 단순해지는 나를 발견하게 되었다. 아무리 소소한 것이라도 우리가 죽을 때까지 다 못 배울 것들을 개들은 이미 전생에 다 배워 태어난 것 같다는 생각도 들었다.

잠깐 스쳐 지나갔든 내 가슴속에 영원히 남아 있든 개들은 형언할 수 없는 깨우침을 주거나, 잊고 살았던 것을 상기시켜 주거나, 성찰할 거리를 던져 주었다. 훌륭한 스승이 바로 내 옆에 있다는 것을 깨치기까지 어찌 그리 밖에서만 답을 구했나 싶다. 아마도 찾는다는 행위 그 자체에 목적을 두고 있었던 듯하다. 시선을 가까이 둔 후에는 갈증도 방황도 끝났다. 그중에서도 개의 놀라운 기억력과 인내를 보여 준 밀키, 순수한 사랑의 교감을 나눈 스마일리, 그리고 무소유의 행복을 가르쳐 준 산투는 특별한 자리를 차지한다.

밀키는 2013년 초가을 즈음 충청도 한 동네에서 심한 화상을 입은 채로 구조되어, 구조자와 보호소의 손을 거친 끝에 만나게 된 아이이다. 전해 들은 당시 구조 상황은 이러했다. 어느 공장 지대 뒷골목에서 누군가 폼피츠 형제를 잡아먹으려고 형이었던 밀키를 먼저 펄펄 끓는 가마솥에 던졌다. 그런데 밀키가 가마솥 뚜껑을 박차고 튀어나왔고, 화로 옆에 있던 동생 스노위와 함께 골목에서 도망쳐 나왔다. 이를 목격한 구조자가 병원에 데려가려 했으나 재정 형편이 안 되어서 손을 못 쓰고 있었다 한다.

사연을 듣고 이동 봉사자의 도움을 받아 밀키를 인계받은 후 강남 동물병원의 화상 치료 전문가 권 원장님께 달려갔다.(밀키와 스노위의 이름은 이때 내가 즉석으로 지은 것이다.) 부상이 없는 스노위는 임시보호처로 일단 보냈고, 몸 전체에 3도 화상을 입은 데다가 한쪽 눈에 펄펄 끓던 물방울이 튀어 실명 위기였던 밀키는 바로 입원해 치료를 받았다.

한 달의 입원 기간 동안 주에 한 번씩 면회를 갔다. 이 작은 체구의 폼피츠가 드레싱 중에도 통증을 잘 참아 내는 모습이 대견했다. 배와 다리 쪽은 특히 화상이 심해 보기만 해도 눈물이 날 지경이었지만, 밀키는 내내 태평하고 활달했다. 아이샤를 통해 일찍이 알고 있었지만 개들은 극도의 통증에도 소리 하나 내지 않는다. 이 얼마나 고귀한가. 그래서 아이샤와 밀키를 비롯한 몇몇 개들을 떠올리면 나는 아프다는 소리를 입 밖에 낼 수가 없게 된다.

두 달 후 완전히 회복한 밀키는 개식용 문화의 산증인으로서 나와 개식용 철폐 집회에 다니며 자기 이야기를 알렸다. 얼마 후에 샌프란시스코 근교에 사는 미국 친구 신디에게 입양되었고, 동생 스노위도 밀키 집 근처에 사는 입양자를 만나 떠났다. 두 형제는 미국에서 재회하여 한동안 서로의 집을 오가며 시간을 보냈다.

그리고 3년 후, 밀키를 다시 만날 기회가 생겼다. 라스베이거스로 입양되었던 윌로우에게 경사가 생겨 미국에 방문하게 되면서 친구 신디와 밀키까지 보게 된 것이다. 윌로우를 만나 기쁜 마음을 나눈 후, 곧바로 밀키가 살고 있는 샌프란시스코로 향했다. 신디는 밀키를 금문교 앞으로 데려와 재회의 기쁨을 누리게 해 주었다.

처음에 밀키는 나를 알아보지 못했는지 별 반응 없이 내 주변을 두세 바퀴 빙빙 돌았다. 그런데 몇 번 킁킁거리더니 갑자기 내 품에 몸을 던지듯 안겼다. 내 냄새를 기억하고 있던 것일까? 그만 떠나야 할 시간이 되어 자동차에 타려 했는데, 밀키가 차에 따라 올라타 나를 놓아 주지 않아서 문을 닫지 못하고 30분

꿇는 물에 들어갔다 나와 눈과
배 부분이 심각한 상태였던 밀키

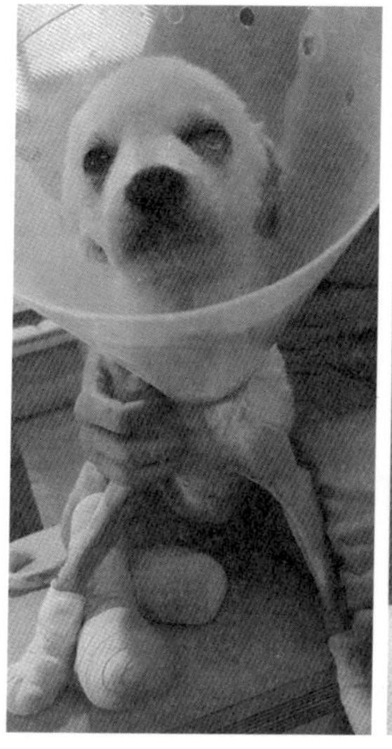

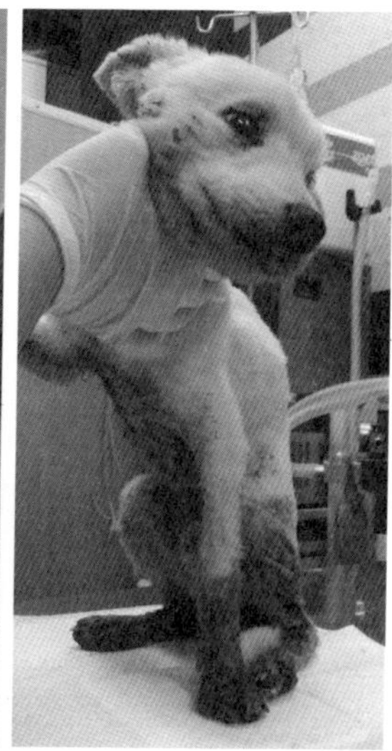

밀키의 첫 국회 앞 시위

이상 그곳에 묶여 있었다.

밀키를 통해 개의 후각이 얼마나 놀라운지 눈으로 재확인할 수 있었다. 헤어진 지 3년이나 흘렀음에도 내 냄새를 기억하고 반응하는 모습에서 개들은 사람을 얼굴이 아닌 냄새로 알아보는구나 새삼 깨달았다. 이때부터 난 개들의 후각을 '신의 경지'라 할 수 있는 전지전능한 신체 부위라고 표현하며 주의 깊게 관찰했다.

다음으로 내게 사랑이 무엇인지 알려 준 스승은, 구포 개시장 폐쇄 작업 시기에 주말마다 봉사하던 양산 보호소에서 만난 외눈박이 강아지 스마일리다. 한쪽 눈을 실명해 언제나 윙크를 하는 듯한 모습 때문에 스마일리라는 이름을 가지게 되었다.

스마일리가 지내던 보호소는 대로변 버스 정류장에서 200미터 정도 떨어진 곳에 있었다. 그런데 보호소 소장님께 들은 바에 따르면 스마일리는 내가 그 정류장에 도착한 순간부터, 그러니까 200미터 거리에서도 내 존재를 감지한 것처럼 꼬리를 흔들고 반갑게 짖었다고 한다. 나를 보러 왔던 지인들은 개똥 냄새가 가득한 나의 체취를 가지고 여러 차례 타박했는데, 스마일리에겐 그 냄새가 그저 사랑하는 사람의 흔적이었던 듯하다. 사흘간 입원을 했다가 산발인 머리를 하고 다리를 절뚝거리며 스마일리에게 찾아갔을 때도 스마일리는 내가 오지 않은 날부터 남겨 두었

한쪽 눈이 실명되어 저절로
윙크를 하는 스마일리

던 밥을 제치고 가장 크게 날 반겨 주었다.

스마일리는 먹는 것에 관심이 없고 오로지 사랑만을 갈구했다. 내가 정성껏 간식을 만들어 가도 쳐다보지 않고 오직 나라는 존재에만 집중하며 기뻐했다. "아! 너는 밥보다 사람 손길이 더 그리웠구나!" 개들에게는 사료, 맛난 간식, 편안한 잠자리보다도 교감과 사랑이 더 중요하다는 것을 이때 알았다.

새삼 스마일리가 무척 그립다. 내가 간식을 먹어 달라고 간청하면 천천히 먹으면서도 나만 바라보던 강아지. 이 세상 누구보다도 나를 있는 그대로 받아 주고, 무조건적인 사랑을 보여 준 기억 덕분에 살아감에 큰 용기를 얻을 수 있었다. 뉴욕 친구 앤마리에게 입양된 스마일리는 처음 만난 지 10년이 흐른 지난 2023년, 암 진단을 받고 생을 마감했다. 앤마리는 마지막 순간까지 스마일리의 사진첩을 만들어 보내 주었다. 난 스마일리의 그 예쁜 웃음이 사무칠 정도로 그리우면 친구 앤마리에게 전화해 추억 속 스마일리 이야기를 들려 달라고 청한다.

마지막으로, 무소유의 행복을 보여 준 스승이었던 산투는 스스로를 구조한 케이스였다. 어느 여름날 옆 마을 이웃이 우리 보호소 대문을 두드리며 나를 찾았다. 자기 옆집 사람이 초복에 키우던 개를 잡으려 했는데, 막상 안아 보니 뼈와 가죽뿐이라 몇 그릇도 안 나올 것 같다며 개를 팔고 있다는 것이다. 먼저 찾아갔던 개장수는 털 긴 개는 맛이 없어 돈이 안 된다며 사지 않았다.

주인은 나를 보자마자 그간 먹지도 않는 밥을 주느라 고생만 했다면서 빨리 데려가라는 손짓을 했다. 이웃에 의하면 산투는 여름에는 구더기가 있는 밥을 먹고, 겨울엔 꽁꽁 언 물을 핥으며 가까스로 살아 있었다고 한다. 게다가 그간 주인에게 얼마나 맞았는지 내가 쓰다듬으려고 손을 가까이 대면 얼굴을 피하기만 했다.

약 한 달 후, 산투가 먼저 나에게 얼굴을 갖다 대고 비비기 시작했다. 사람이라면 일단 피하고 보던 시절은 마치 없었던 것처럼 내게 몸을 맡기며 오히려 만져 주길 바랐다. 스마일리처럼 산투도 먹는 것보다 애정을 원하는 아이였는지, 손길에 익숙해진 후에는 밥도 잘 먹었다.

산투는 체중 증량을 위해 얼마간 내 방에서 함께 지냈는데, 신기하게도 집 안에서 살아본 적이 없었음에도 꼭 화장실로 가서 볼일을 보곤 했다. 배운 적 없어도 사람 화장실이 뭐 하는 곳인지 본능적으로 알고 있던 것이다. 그리고 내가 뭐라도 떨어트리면 툭툭 쳐서 알려 주고, 세수하고 나오면 화장실 밖에서 수건을 물고 기다리는 사려 깊은 개였다.

모든 치료를 마쳐 살이 보기 좋게 올랐을 때, 마침 평창올림픽에 참가한 캐나다팀 코치 에이드리언에게 이메일 한 통을 받

공항에서 첫인사를 나누는
산투와 에이드리언

왔다. 우리 홈페이지에 올라간 산투를 입양하고 싶다는 소식이 었다. 공항에서 에이드리언을 만나 산투를 소개하고 검역을 마친 후 둘은 함께 비행기에 올랐다.

산투는 원래부터 행복의 비결을 알고 태어난 것만 같았다. 가진 것이라고는 몸뚱아리 하나뿐인데도 그 무엇을 보아도 세상 부러운 게 없어 보였다. 산투는 나만 옆에 있으면 마음이 갑부였다. 내가 손이라도 한번 내어 주면 얼굴을 파묻고 너무나 행복해하는 모습에서, 소유물 없이도 충만한 삶을 살 수 있다는 오래된 진리를 발견했다.

약간의 수줍음이 깃든 눈으로 나를 지긋이 바라보던 그 얼굴이 지금도 생생하다. 그러면 난 곧장 에이드리언에게 연락해 소식을 묻게 된다. 산투는 이제 노견이 되었다. 나도 노인이 되었지만 개의 시간은 일곱 배 빠르게 흐른다. 나는 눈이 침침하고 다리에 힘이 없어졌고, 산투는 털이 많이 빠지고 있다. 긴 털에 앙상한 몸이 가려져 죽지 않을 수 있었던 아이가 자연스럽게 털을 놓아 주는 현상 같아 미묘한 감정이 든다. 산투는 나에게 '아무것도 가진 게 없으나 다 가진 것처럼'을 가르쳐 준 스승 중 하나다.

하나하나 셀 수 없을 만큼 그리운 얼굴들이 꼬리에 꼬리를 물고 떠올라서, 사연을 전부 쓴다면 족히 1,000페이지를 넘길 것 같다. 교감이 깊고 왠지 특별했던 귀견들은 간혹 꿈에 나타나기도 한다. 그런 날은 종일 그 아이만 생각하게 되는데, 아직도 가슴이 얼얼해진다. 분명 이 세상 사람들과는 느낄 수도, 나눌 수도, 억지로 만들 수도 없는 귀하디귀한 인연들이다.

우리가 종교와 철학에서 찾던 많은 가르침이 사실은 개들의 일상적인 모습 속에 이미 존재했는지도 모른다. 밀키, 스마일리, 산투, 그리고 수많은 특별한 개들과의 만남은 각각 내 인생의 중요한 전환점이 되었다. 그리고 한 번을 만지거나 안아 볼 새 없이 스러진 개들도, 살아 있었다면 분명 무언가를 알려 주었을 테다. 그 아이들에게 너무도 미안한 마음에 나는 이런 기도를 올린다. "인간들을 용서해라, 고통 없는 그곳에서 뛰어놀거라." 그리고 향을 피우며 약속한다. "네 친구들을 위해 이 몸이 움직이는 날까지 작은 일이라도 뭐든 할게." 이런 기도는 14년간 매일 아침 이어져 오고 있다.

2장

개에게 배운다

"

나는 종종 생각한다.
동물들은 충성과 신뢰를 여전히 지키고 있는데,
왜 우리 인간 세계에서는 이런 가치들이
점차 희박해지기만 하는지를.

살아감에 있어 소소하나 소중한 것들을
잊지 말라고 개들과 인간이 가장 가까워진 게
아닐까 싶기도 하다. 개와 보내는 시간은
이런 성찰의 순간들로 가득 차 있다.

"

적당함의 미학

나의 추억 속에는 유독 사람보다 개와 함께했던 모습이 많다. 일상의 사소한 부분에서도 나를 웃음짓게 만드는 기억들이 속속들이 떠오른다. 귀가했을 때 나를 반기던 모습, 가스가 새자 한껏 짖어 위험을 막아 주던 모습, 그리고 내 감정을 알아 주고 또 아픔을 같이 느끼던 모습들이 주마등처럼 스쳐 간다. 마치 평생 끝나지 않을 영화의 장면 모음 같다.

오랜 시간 개와 살다 보니, 또 살아 보니 "개가 사람보다 낫더라."라는 말을 자주 하게 된다. 이 말이 와닿지 않는다면 "우리가 개보다 나은 게 무엇일까?"라고 질문해 볼 수도 있겠다. 나부터 돌아보자면, 개가 보여 주는 무조건적인 신뢰와 옹달샘 물 같은 변치않는 우정은 아무리 노력해도 따라할 수가 없다. 삶에 있어 인간관계는 때때로 공허하고 허전했으나 인견(人犬)관계는 언제나 내 인생을 풍요롭게 해 주었다.

보호소와 사단법인을 운영하게 되면서 태어나 처음으로 많은 사람을 접했다. 동물보호 활동 초기였던 2016년, 정식 단체 설립이 필요해지면서 나는 '코리언독스'라는 이름으로 시민단체를 만들었다. 당시 한국에 아는 사람이 많지 않아 행정적인 절차와 이사진 구성을 믿을 만하다고 생각했던 한 사람에게 맡겼다. 이것이 지금 돌이켜보면 가장 큰 실수였다. 그 과정에서 문제가 생기면서 나는 이사 명단에서 제명되었고, 결국 '세이브코리언 독스'라는 이름으로 모든 것을 새롭게 시작해야 했다. 그런데 여기서 사람들의 비난이 내게 쏟아지면서 정신적 피해는 이루 말할 수가 없었다. 국회의원과 함께 추진하던 동물보호 프로젝트마저 무산되었다.

그렇게 사람에게는 실망하는 법을 배웠지만, 개에게는 오히려 '인간다움'을 배웠다. 어느 초봄에 남양주 비닐하우스 개농장에 관한 제보를 받았다. 비닐하우스가 밀집한 곳에 접근하자 개 짖는 소리가 나는 곳이 하나 있었다. 그곳에 들어가자마자 개농장 주인이 수거해 온 음식물 쓰레기를 바가지로 퍼서 그대로 개에게 던지고 있는 광경을 맞닥뜨렸다. 철창 안에도 던져 준 음식물이 그대로 쌓여 있어, 사육 현장의 처참한 정도는 지옥이나 다름없었다. 게다가 대낮인데도 주인에게선 술 냄새가 진동했다. 사전에 제보자에게 얻은 정보로 소주를 사서 간 참이었는데, 주인은 이미 거나하게 취해 몸을 비틀거리고 있는 와중에도 술을 받자마자 따서 연거푸 들이켰다.

개들을 데려오기 위해 주인에게 협상을 청하자 마리당 큰 액수의 돈을 요구했다. 기가 찬 나는 현장을 돌아보고 파악한 법

남양주 개농장에서 발견된
폴로와 스트라이커

입양 가기 전 한국에서의 마지막
산책도 꼭 붙어서 했다.

위반 사항을 낱낱이 말해 주었다. 가장 먼저 이곳은 주소지 등기상 농지가 아니냐고 했더니 주인은 개농사를 짓는 것이라고 답했다. 건축법, 가축사육법, 농지법, 하수도법, 환경법 조항을 들이밀어도 전혀 통하지 않았다. 실랑이 끝에, 잔뜩 취한 주인에게 내가 할 수 있는 말은 "개 내놓을래? 아니면 벌금 물래?"뿐이었다.

그렇게 숨겨 둔 개까지 30여 마리 전원을 구조해 실어 왔다.(개농장 주인들은 내가 가면 또 다른 개를 데리고 비밀리에 일을 이어 가기 때문에 세 번을 급습하고 나서야 그곳을 완전히 폐쇄할 수 있었다.) 그중 폴로와 스트라이커 형제에게 특별한 관심을 가진 건 다른 개에 비해 사람에 대한 트라우마가 무척 심했기 때문이다. 겨우 한 살 남짓인데 누군가 가까이만 가도 몸을 떨며 똥오줌을 지리곤 했다.

갓 구조된 아이들에게는 사료에 적응할 수 있도록 닭죽에 사료 한 줌을 얹은 특식을 지급하는 게 나의 원칙이다. 폴로와 스트라이커는 극도의 영양실조 상태라 특식에 간식까지 손수 만들어 주었는데, 둘 다 사람 손을 너무 무서워해서 하는 수 없이 닭살 몇 점을 형인 폴로 앞에 내려놓고 뒤로 물러났다. 그런데 폴로가 머뭇거리더니 뒷걸음질을 치며 동생 스트라이커를 쳐다본다. 먼저 먹으라는 신호였다. 스트라이커는 형의 배려를 알아차렸는지, 맛있게 먹으면서도 폴로의 몫을 남겨두었다. 그 모습을 지켜보던 폴로는 동생이 물러선 후에야 비로소 남은 밥을 먹기 시작했다.

배가 곯아 있는 상태에서도 동생이 충분히 먹을 때까지 인내한다니. 흡사 자식이 배부르게 먹는 모습을 보고 흐뭇해하는 부모의 얼굴을 보는 듯했다. 며칠 전 식당에서 맛난 것, 몸에 좋다는 부위를 서로 먹겠다고 다투던 사람들의 모습을 보아서일까? 폴로와 스트라이커의 식사 장면은 유독 충격으로 다가왔다. 게다가 술에 취한 채 음식물 쓰레기를 던지던 주인과 비교하면 누가 더 인간다운지 묻지 않을 수가 없다.

개는 적당함을 안다. 10년 가까이 매일 아침 사료를 주면서도 개가 배터지게 먹는 모습을 본 적이 없다. 몸집 따라 적정량을 주면 그걸로 만족한다. 그릇을 싹싹 비울 때는 부족한가 싶어 더 줘도 필요 이상으로는 절대 먹지 않는다. 산책 후 갈증이 심해도 물 역시 적당한 선에서 멈출 줄 안다. 로마인들이 배 터지게 먹은 다음 그걸 토해 내고 다시 먹었다는 옛 기록은 역사의 일부라 치자. 주변에 간혹 삼겹살을 몇 인분 먹었다며 과식을 자랑하는 사람들을 보면 속으로 개를 떠올리곤 한다.

난 개에게 평소 주변에서 보기 드문 이타성도 여러 번 발견했다. 개들에게는 자기보다 남을 먼저 배려하거나 보호하려는 유전자가 있는 듯하다. 8년 전 김포 개농장에서 구조된 켄켄과 커너는 이타성을 대표적으로 보여 준 아이들이다. 둘은 발견했을 당시 구더기가 득실거리는 밥그릇을 앞에 두고 서로 의지해 간신히 목숨만 유지하고 있었다. 철장에서 꺼낼 때도 서로 떨어지려 하지 않아서 둘을 같이 안아 겨우 데려온 기억이 있다.

다행히 일주일이 지나자 밖에 데리고 나갈 수 있을 정도로 안정되어 보였다. 주중에는 봉사자가 없어 한 마리씩 산책을 시켜야 했는데, 켄켄에게 리드줄을 매면 커너가 견사 문을 박차고 나가서 기다렸고, 커너 먼저 데리고 나가려고 하면 켄켄이 으르렁거리며 심하게 저항했다. 잠시라도 서로 떨어지려 하지를 않아서 결국 별 수 없이 두 마리를 같이 데리고 나갔다. 산책할 때도 행여 켄켄이 뒤처지면 커너가 뒤돌아 서서 기다려 주었다.

강화도와 바다가 보이는 철책 근방을 산책하던 중에 어디선가 병아리 한 마리가 나타났다. 그런데 켄켄이 목줄을 당겨 먼저 병아리에게 다가가더니 마치 보호하려는 듯이 자기 네 다리 안으로 병아리를 품는 것이었다. 그러자 커너도 바로 그 옆에 서서는, 내가 병아리를 안아 올릴 때까지 꼼짝도 하지 않았다. 닭을 키우는 언덕 윗집에 가서 병아리를 건네주자 그제야 켄켄과 커너는 신나는 발걸음으로 집을 향해 달렸다. 자기보다 작은 생명을 지켜 줘야 한다는 것을 개들은 배우지 않아도 알고 있던 것일까?

하루는 켄켄이 긴 낮잠을 자는데 커너가 끙끙대며 자꾸 나를 향해 짖어 댔다. 이상해서 들여다보니 켄켄은 잠이 든 게 아

켄켄과 커너는 입양을 간 집에서도 여전히 꼭 붙어 지낸다.

니라, 한 달 전 슬개골 탈구 수술을 한 부위에 문제가 생겨 고열이 나고 일어나지 못하는 상태였다. 커너는 켄켄이 아프다는 말을 나에게 그렇게 전한 것이다. 그 덕에 켄켄은 빠르게 재수술을 받을 수 있었다. 두 형제(피를 나눈 가족인지는 정확히 알 수 없으나 나는 켄켄과 커너를 피보다 더 진한, 진짜 형제라고 보았다.)는 이후에도 떨어지려고 하지를 않아서 결국 오랜 시간을 들여 미국의 한 집으로 함께 입양을 보내야 했다.

내 개인적 경험을 일일이 대지 않더라도 우리 주변에는 개의 충성과 헌신에 관한 이야기가 시대를 가리지 않고 넘쳐 난다. 개의 참된 면모를 발견할 때마다 인간과 개 중 누가 하등한지 따지는 게 무슨 의미가 있나 싶어 의아하다. 적어도 나보다는 개들이 더 나으며, 평생을 쏟아도 내가 개들의 지혜를 전부 배울 수는 없을 것 같다.

잃어버린 인간다움을 찾아서

그 많은 동물 중에 하필이면 왜 개인가? 이 질문에 답변하자면, 가장 큰 핵심은 역설적이게도 개에게서 '인간미'를 발견하기 때문이다. 내가 생각하는 인간미란, 타인을 향한 연민과 배려를 잃지 않고 나누는 것이다. 그런데 세월이 흐를수록 이런 미덕들은 점점 찾아보기 어려워진다. 보호소 한 지붕 아래에서 10여 년을 함께 살며 개들을 지켜보는 동안 나는 매일 그들에게서 순수하고 진실된 인간미를 발견했다. 그간 나조차도 잊고 있던 고귀한 덕목들을, 개들은 자연스럽게 그 자체가 되어 살아간다.

어느 날 심한 독감으로 며칠째 앓아 누워 평소 아침 8시에 하던 사료 급여를 10시가 넘도록 하지 못했다. 배고픔을 참지 못한 것인지 내가 안 보여서인지 한두 마리가 낑낑대더니 갑자기 한꺼번에 짖어 대기 시작했다. 결국 밥이라도 주자는 마음으로 비틀거리며 견사로 향했는데, 90여 마리의 개들이 나를 보자마자 일제히 짖기를 멈추었다. 말을 하지 않아도 아이들은 내가 뭔가 평소와 다르다는 걸 알고 있는 듯했다. 그리고 내가 안에 있음을 확인한 후에는 종일 조용히 지냈다.

다음 날 아침 견사를 둘러보니 대부분의 개들이 전날 준 사료를 거의 먹지 않고 있었다. 평소 먹성이 대단했던 아이들조차 밥을 남겼다. 나에게 마음을 쓰느라 그런 것 같아 가슴이 뭉클해졌다. 한 마리 한 마리에게 다가가 고맙다고 머리를 쓰다듬어 주고는 다시 방으로 들어오다 넘어졌는데, 이때 바깥 놀이 공간에 있던 개들이 순식간에 몰려와 내 주위를 둘러쌌다. 그 눈빛을 지금도 선명하게 기억한다. "괜찮으세요?" 하고 묻듯 걱정과 염려가 담긴 눈동자들. 그날부터 나는 개들을 보며 인간미가 넘쳐흐른다는 생각을 더욱 자주 하기 시작했다.

2007년 한 연구소 초청으로 미국에 갔을 때 미 전역의 영적 지도자를 취재하러 다녔다. 티베트에서 출가한 미국인 스님을 인터뷰하러 간 샌프란시스코 헤이트 애시베리 거리에서 노숙자들 사이에 핏불 한 마리가 보였다. 그 개는 지나가는 행인들 손에 뭔가 들려 있으면 다가가 코부터 들이밀며 구걸을 했다. 그러곤 뭔가 하나라도 얻으면 자기가 먹어 치우지 않고, 바로 주인에게 달려가 내려놓고 또 다른 행인에게 다가갔다. 이 광경을 지켜보던 난 "너도 좀 먹어라!" 하며 근처 마트에 가서 큰 사료 한 포를 사서 가져다주었다. 주인 먹여 살리는 개, 지금 생각해 보아도 참으로 가상하고 인간미가 넘치는 모습이다.

개인적 체험이 아니더라도 우리는 사회 곳곳에서 인간이 하지 못하는 일을 묵묵히 수행하며 사람을 돕는 개들을 쉽게 볼 수 있다. 주변에서 가장 쉽게 볼 수 있는 건 안내견이다. 고대 벽화에서 맹인이 개에 이끌려 걷는 그림이 발견되었으니 안내견의 역사는 꽤 오래되었다. 근대에 와서는 1차 세계대전 이후 독일에서 시력을 잃은 군인들을 위한 안내견 훈련학교가 세워졌고, 이제는 40여 개의 나라에서 학교가 운영되고 있다. 하지만 이런 개들이 대중교통이나 음식점에 출입하는 데 여전히 제약이 많다는 사실은 아이러니하다.

이 외에도 군견, 구조견, 테라피견 등 인간이 하지 못하는 분야에서 활약하는 개들을 보면 단순히 훈련된 행동을 하는 것이 아니라 이타적 본성으로 인간을 돕는 듯한 느낌도 든다. 2023년 터키 지진 현장에서 활약한 토백이는 발을 다쳐 붕대를 감은 채로 시신을 열 구나 찾아내 화제가 되었다. 건물 잔해 틈새와 같이 사람이 들어갈 수 없는 공간을 거침없이 탐색하고, 특별한 후각과 통감각으로 생존자나 시신을 찾아내는 그들에게 거수경례를 하고 싶다.

우리나라에서는 아직 볼 수 없지만 미국에선 병원에 정기적으로 테라피견이 방문한다. 뉴욕 병원에 입원했을 때, 간호사가 테라피견 방문 일정을 알려 주었고, 내 병실에 들어온 리트리버를 안고 쓰다듬으며 위안을 얻었던 경험이 있다. 이처럼 사람의 정서적 안정과 치유를 돕는 개들의 역할은 의학적으로도 입증

되고 있다. 우울증, 자폐증, 외상 후 스트레스 장애(PTSD), 심지어 치매에도 효과가 있다는 연구 결과가 이를 뒷받침한다.

테라피견이 심리적 안정을 제공한다면, 공혈견은 더 직접적으로 생명을 나눈다. 자신의 피를 나누어 아픈 개들을 살리는 공혈견은 대형 수의과 대학 병원이나 지정된 동물병원에서 찾아볼 수 있다. 다만 사람에게 헌혈이 자발적 선택이라면, 공혈견은 선택의 여지 없이 그 역할을 수행한다. 실험견이나 폭발물 탐지견처럼 목숨을 내놓고 사람 앞에 서게 된 개들의 복지가 제대로 보장되고 있는지, 그리고 은퇴 후 삶이 존중받고 있는지에 대한 질문은 우리 사회가 진지하게 고민해야 할 또 다른 문제다. 이러한 현실 앞에서 나는 동물복지를 소홀히 여기는 이들에게 사람 한 번이라도 살려 본 적 있느냐고 묻고 싶다.

어쩌면 인간미의 원형을 찾기 위해 우리는 개에게서 배워야 할지도 모른다. 개들이 우리를 위해 살아가는 방식에서, 우리가 등한시하거나 혹은 개에게 떠넘겨 두었던 삶의 본질을 엿볼 수 있다. 그것이 바로 내가 개들을 통해 발견한, 내 안위보다 남을 생각하는 진정한 인간다움의 모습이다.

변치 않는 믿음

봉사자들에게 종종 묻는다. “왜 개를 좋아하세요?” 그러면 돌아오는 대답은 대부분 “개는 배신 안 해요.”다. 이것은 개들의 충성심에 대한 다른 표현이자, 개들의 변치 않는 신뢰와 헌신까지 함축하는 대답이다. 물론 이것 하나만으로 개를 좋아하는 마음들이 대표되지는 않겠지만, 많은 이들이 개를 좋아하는 이유로 ‘배신하지 않는다’는 점을 꼽는 것은 그만큼 인간관계에서 상처받은 경험이 많기 때문일지도 모르겠다.

개는 배신의 유전자가 없는 듯하다. 같은 개에게든 사람에게든 가까운 이에게는 끝까지 의리를 지킨다. 반면 인간은 우리에게 가장 충성하는 동물을 쉽게 배신한다. 덩치가 너무 커졌다는 이유로, 임신했다는 이유로, 늙고 병들었다는 이유로, 혹은 단지 성격이 맘에 들지 않는다는 이유로 키우던 개를 내다 버리는 행위는 배신의 전형이다. 안타깝게도 어딘가에는 여전히 키우던 개를 음식으로 취급하는 문화가 남아 있는데, 이야말로 최악의 배신 행위라고 본다.

충성심이 오직 개에게만 나타나는 유별난 특성은 아니다. 동물 세계에는 충성이라는 DNA가 갖춰져 있는데 오로지 ‘인간’

이라는 종에만 결여된 것인지도 모른다. 개에게 한번 주인은 영원한 주인이지만, 인간관계에서 충성은 일종의 대가를 기대하는 조건부 행위 같다. 상하 관계에서의 과잉된 충성은 쉽게 변질되기도 한다.

얼마 전 SNS로 접한 사연이 있다. 저녁만 되면 꽃집 앞에 나타나는 개 한 마리가 있었다. 하루는 꽃집 주인이 개에게 꽃 한 송이를 건네주자, 그날 이후로 개는 매일 가게 문을 닫을 무렵에 찾아와 꽃을 물고 사라지기를 반복했다.

꽃을 어디에 쓰려고 가져가나 궁금해하던 꽃집 주인은 개를 따라가 보았다. 도착한 곳은 한적한 무덤가였다. 개는 물고 온 꽃을 어느 무덤 앞에 내려놓고, 머리를 묘비에 대고 비볐다. 죽은 자기 주인에게 매일같이 꽃을 바쳤던 것이다. 서로에 대한 신뢰와 사랑에 기반한 충성은 죽음 이후에도 변하지 않는다. 먹고살기 바쁜 세상에서 이런 순수한 헌신을 찾기는 쉽지 않다.

내가 지켜본 바로는, 주인과 개 사이뿐 아니라 개와 개 사이에서도 배신은 찾아볼 수 없다. 우정이나 가족애까지도 사람 간의 관계를 능가하는 경우가 많다. 길가, 도로, 산속 어디든 개는 성별과 견종을 불문하고 서로의 고단한 생활에 힘이 되어 준다.

2013년, 서울에 가느라 고속도로를 타고 달리던 중이었다. 도로변에 차에 치인 개 한 마리가 쓰러져 있었고, 그 옆에서 다른

천운이는 입양 후
'럭키'라는 이름으로
사랑받고 있다.

개 한 마리가 비명을 지르듯 온몸으로 울부짖고 있었다. 곧바로 멈춰 상태를 살폈지만 안타깝게도 쓰러져 있던 황구는 이미 생을 마감한 상태였다.

살아남은 황구는 친구를 살려 내라는 듯 계속 짖어 대며 내게 애원하는 눈빛을 보냈다. 발버둥을 치다 내 머리카락을 잡아채기까지 했다. 난 너라도 살아야지 않겠냐며 황구를 내 차에 태우려 했으나 저항이 극심했다. 혼자는 절대로 안 가겠다고 몸부림을 쳐서 마취시켜야 한다는 의견까지 나왔지만, 결국 경찰관 네 명이 분투한 끝에 그 아이를 차에 태워 데려올 수 있었다.

살아남은 아이에게 '천운이'라는 이름을 지어 주었다. 천운이는 얼마 지나지 않아 남가주 샌디에이고에 입양이 되었는데, 공항 화물 터미널에서 "네 친구의 몫까지 두 배로 잘 살아야 한다."

고 속삭이며 눈물 콧물 다 흘리면서 작별을 한 기억이 있다.

당시 충격과 슬픔 속에서 친구를 살려 달라며 몸부림치던 천운이의 모습은, 이후에도 교통사고를 당한 개를 볼 때마다 다시금 선명하게 떠오른다. 감당하기 어려울 정도로 가득 찬 보호소가 생각나 눈감고 지나치려 하다가도 천운이의 간절한 눈망울이 그려져 결국 현장을 수습하고 그 개들을 데려오고 만다. 천운이와 죽은 친구의 깊은 우정이 계속해서 다른 개들을 살리고 있는 셈이다.

개의 우정이 얼마나 돈독한지는 천운이 이전에도 구조 활동을 하면서 수도 없이 목격했다. 특히 두 마리가 하나의 뜬장에서 오랫동안 같이 지낸 것처럼 보이는 개들은 보호소로 이동 후에도 한 견사에 같이 있게 한다. 의지했던 친구가 안 보이면 남은 개가 심히 불안해하기 때문이다. 간혹 식음을 전폐하는 아이도 있었다. 하여 짝꿍이 해외 입양된 경우에는 입양 가족의 도움을 받아 동영상과 짖는 소리라도 들려주고, 장기입원한 거라면 동물병원에 데려가 면회를 시켜 준다. 그러면 그 이후 안정을 찾는 개도 있었다.

이러한 노하우는 부천 작동의 도살장에서 구조한 진저가 알려 준 것이었다. 구조할 때 네 마리 아기들과 함께 있던 진저는 사상충 말기로 배에 복수가 가득 차 있었다. 병원에 입원해 복수를 여러 번 뺐지만 결국 심장을 둘러싼 성충을 제거하는 큰 수술까지 받았다.

수술은 잘 끝났지만 진저는 내내 어두운 표정이었다. 혹시나 해서 나는 다음 날 네 마리 아기를 데리고 병문안을 갔다. 순간 진저는 나를 바라보며 촉촉한 눈으로 고마움을 전하더니 곧바로 아기들에게 젖을 물렸다. 그 눈빛을 아직도 잊지 못한다. 깊은 의미가 담긴 잠깐의 눈맞춤에 나는 감전된 듯이 얼어붙어 있었다. 아기들을 보는 게 마지막 소원이었던 걸까? 이튿날 진저는 쇼크사로 생을 마감했다.

이런 경험을 하면서 나는 종종 생각한다. 동물들은 충성과 신뢰를 여전히 지키고 있는데, 왜 우리 인간 세계에서는 이런 가치들이 점차 희박해지기만 하는지를. 살아감에 있어 소소하나 소중한 것들을 잊지 말라고 개들과 인간이 가장 가까워진 게 아닐까 싶기도 하다. 개와 보내는 시간은 이런 성찰의 순간들로 가득 차 있다.

구조 당시 복수가
가득 차 배가
부풀어 있던 진저

회복 중인 진저와
아기들

가진 것 하나 없으나 다 가진 것처럼

개에게는 본질적으로 소유라는 관념 자체가 없다. 어쩌면 개는 원초적인 무소유자일 수도 있겠다. 사야할 게 많아지고 사고 싶은 것도 늘어나는 청소년기부터 나는 개들의 이러한 모습이 부러워지기 시작했다. 원한다고 전부 가질 수 없는 현실에 좌절하고, 가진 것마저 잃을까 두려워하던 나와 달리, 개들은 단순하고 소유에 대한 집착에서 자유로워 보였기 때문이다.

우리 사람은 무언가를 소유하게 되면 잠시 쾌락을 느끼지만, 이내 처치 곤란의 부담을 떠안게 된다. 물건을 관리하고, 보관하고, 잃어버리지 않게 신경 쓰는 모든 과정이 사실은 정신적 에너지를 소모하는 일이다. 그러나 개는 이런 부담에서 완전히 벗어나 있다.

이러한 특성은 태국 봉사활동을 하며 만난 길거리 개들에서 더 뚜렷하게 발견되었다. 바나나 잎 위에 올려진 음식을 먹고 길바닥 어디서든 깊은 잠에 들고, 그 순간의 필요만 충족되면 만족했다. 개들에게 소유는 순간에 불과할 뿐 그것을 영구히 자기 것으로 만들려는 욕구가 없다. 어쩌면 우리가 소유라고 부르는 것의 본질은 '필요의 충족'이 아닐까?

태국 길거리의 개들. 바나나 잎이 자연 밥그릇이 된다.

사람들은 종종 '내가 가진 것이 곧 나'라는 착각에 빠진다. 가진 것이 자기 정체성을 구성하고 존재 가치를 결정한다고 믿는 것이다. 개도 특정 장소나 물건에 애착을 보이는 경우가 있지만, 그 중심은 늘 자기와 가족에게 있지 물건에 끝없이 집착하지는 않는다. 평소에는 아주 작은 것에도 만족할 줄 아는 존재다. 심지어 개껌 하나를 입에 물고 온 세상을 다 가진 듯한 얼굴을 한다. 그런 모습은 때로 너무 초연해 보여 "저 아이는 전생에 도를 닦았나 보다."라고 혼잣말을 되뇌이며 나를 돌아보게 된다.

또한 사람과 사람 사이에서는 상대의 나이, 직업, 지위, 학력, 성별, 출신 지역이라는 이름표가 상대를 판단하는 수단이 되고, 이것들이 또 다른 형태의 '소유'가 된다. 우리는 이런 사회적 소유물을 통해 서로를 비교하고 가치를 매긴다. 그러나 개에게는 이런 외적인 소유물이나 지위로 상대를 판단하는 색안경이 없다. 그저 상대에게서 드러나는 진실된 에너지만을 느끼고 반응할 뿐이다.

거주 측면에서는 개의 이런 무소유적 삶이 더욱 부러워진다. 계절마다 집과 마당을 보수해야 하고, 이사 한 번 하려면 수많은 짐을 싸고 옮기는 데 신물이 난다. 반면 가진 것 없는 개들은 몸뚱이 하나를 옮기면 그게 이사의 전부고, 누운 자리가 곧 자기 거처가 된다. 장소에 대한 집착도 적어, 환경이 바뀌어도 쉽게 적응하는 모습을 보인다. 사람에게는 거주 공간이 꼭 필요하기 마련이지만, 하나에 만족하지 못하고 투기를 해서 잇속 챙기기에 급급한 사람들을 보면 답답할 따름이다. 개들을 본받아 진정한 자유로움을 느껴 보라고 권하고 싶다.

나는 나이가 들면서 물건에 대한 욕심이 전보다 사라졌지만, 요즘에도 새로운 물건이 필요하다고 느낄 때마다 개들의 태도를 떠올린다. 개들은 소유하지 않아도 행복할 수 있음을, 집착하지 않아도 충만할 수 있음을 보여 준다. 개들을 관찰하다 보면 어느새 내가 나의 관찰자가 되어 있다. 개에게서 드러나는 무욕과 무소유의 상태를 나에게 반추해 보는 것이다. 그렇게 있으면 좋고 없어도 괜찮은 상태까지 왔다. 크게 소유하지 않아도 세상은 잘만 굴러간다. 덜어 내고, 덜 가지니 심신이 가벼워진다.

물론 아직도 소유에 대한 욕심은 그리 쉽게 나를 놓아 주지 않는다. 내 안에 깊게 뿌리내려 있기 때문에 개들의 무소유적 태도를 눈으로 보면서도 머릿속엔 사야 할 물건 목록이 쌓여 간다. 그것이 부담으로 다가오는 순간에는 다시 개들을 떠올려 본다. 내가 새 물건을 구입할 때의 기쁨이 개가 개껌 하나에 느끼는 기쁨보다 과연 클 것인지 질문해 보는 것이다. 행복은 소유하고 있는 양보다는 그것을 경험하는 방식에 있는지도 모른다.

무소유란 단순히 물건을 갖지 않는 것이 아니라, 소유에 대한 집착에서 벗어나는 것이다. 개들에게 배워 소유의 집착에서 완전히 벗어날 수 있다면, 조금은 만족스러운 삶에 가까워질 수 있지 않을까. 그래서 나는 여전히 개에게 배우는 중이다.

지금 여기, 있는 그대로

내가 처음 개에게 끌린 것은 잡생각이 없는 무념무상의 상태를 개에게서 목격했기 때문이다. 개는 지난 일, 앞으로 닥칠 일과 같은 온갖 잡념에 사로잡히지 않는다. 개에겐 지금 여기 이 순간만 있다.

보호소에서 매일 아침 사료를 줄 때 개의 식습관을 관찰하면 '지금 여기'의 전형을 발견할 수 있다. 개는 먹을 때 오직 먹는 행위 자체에만 100퍼센트 집중한다. 과거의 굶주림이나 미래의 배고픔에 대한 걱정 없이, 오직 지금 눈앞에 있는 식사에만 몰입한다.

개를 오래 키웠거나 관찰해 본 사람이라면 이러한 특성에 공감할 것이다. 개의 단순함, 즉각성, 집중력, 충직함, 단도직입, 통찰, 직관, 오감, 육감의 탁월함은 모두 '지금 여기'에 집중하는 특성 때문에 생기는 것으로 보인다. 밥을 먹을 때나 길을 걸을 때 현존하지 못하고 지난 일이나 장차 해야 할 일로 머리가 꽉 차 있는 나와는 사뭇 대조되는 모습이다.

'지금 여기'에 충실하게 사는 것은 세계의 존경받는 인물들이 공통적으로 강조했던 가르침이기도 하다. 온갖 성현, 선각자,

성인들은 'Here and Now'를 외치며 현존하는 것이 바로 행복의 조건임을 가르쳤다. 이는 경전들에서 쉬이 찾아볼 수 있다. 대표적으로는 기독교와 불교의 가르침이 있다. 성경에서는 "그러므로 내일 일을 위하여 염려하지 말라. 내일 일은 내일 염려할 것이요, 한 날 괴로움은 그 날로 족하니라."(마태복음 6장 34절)라고 가르치고, 불경에서는 "과거는 이미 갔건만 왜 과거 때문에 현재를 못 살며, 미래는 아직 오지도 않았는데 미래의 걱정으로 이 순간을 못 사는가!"(『맛찌마 니까야』 M133)라고 말한다.

또한 법정 스님은 미래를 걱정하는 것을 두고 가불해서 가져다 쓴다고 표현했다.[1] 과거 일로 슬퍼하거나 미래 일로 걱정하는 것이야말로 인생을 갉아먹는 짓이며, 미래를 걱정한다는 이유로 지금 이 순간을 놓치는 것은 손해나는 장사나 마찬가지라는 가르침이다. 아마도 눈이 밝은 성현들은 보통의 사람들에게 이 가르침을 체화하기 어려운 태생적인 결핍이 있음을 이미 알았던 것 같다.

그런데 인간이 수행과 노력으로 이루려 하는 이 '지금 여기'의 상태를, 개는 이미 완벽하게 실천하고 있다. 개는 과거나 미래의 어떤 것도 '지금 여기'로 끌어오지 않는다. 선각자들의 가르침을 굳이 배우지 않아도, 그들은 태어날 때부터 그 가르침대로 살고 있다.

이토록 단순하고 철저하게 현재에 충실한 모습이 나는 내내 부러웠고, 여러 번 개를 따라 배우려 노력했다. 그러나 과거도 미래도 없이 오로지 지금 이 순간에만 집중할 수 있다는 호흡 수련과 몇 가지 명상법을 동원해 봐도 길어야 몇 분일 뿐, 이내 잡념에 사로잡히고 만다.

물론 난 내가 하는 잡생각 대부분이 정말 쓸데없다는 점을 머리로는 잘 안다. 수없이 경험했듯이, 밤새 걱정한 일이 실제로 내가 생각하는 대로 전개된 적은 거의 없다. 과거와 미래를 끌어와 걱정하는 것이 현재를 놓치게 한다는 진리를 알면서도, 실천은 쉽지 않다.

'지금 여기'의 개념은 '있는 그대로'와 밀접하게 연결된다. 개에게 '지금 여기'가 가능한 것은 '있는 그대로'만 인식하기 때문이다. 개가 싫은 것을 좋다고 하거나 좋은데도 싫다고 하는 것을 보았는가? 혹은 앞뒤가 다른 행동을 보이거나 이중잣대로 가족을 대한 적이 있는가? 개의 감각에는 가감이 없고, 그래서 반응하고 표현하는 데도 가식, 과장, 위선이 없다.

내가 그나마 '지금 여기'에 집중하여 잠시라도 머무를 수 있는 유일한 시간은 개와 교감할 때다. 교감은 영혼의 상호 화학작용이다. 서로에게 집중하려면 지금 이 시각, 있는 그 자리에 오롯이 있어야 한다. 난 교감할 때 절대로 부정적인 말은 하지 않는다. 아파서 걷지 못하는 개에게도 "우리 다음 주에는 같이 산책 나가자."라고 희망에 찬 말을 한다. 만약 잠시라도 잡념이 들어오면 교감은 끝이다. 마음이 딴 데 가 있으면 눈치 백 단 개들이 먼저 알고 고개를 돌린다.

인간 사회에서 살아가는 것이 때로 피곤하게 느껴지는 이유는 개들처럼 '있는 그대로'를 받아들이기 어렵기 때문이다. 사람이 낄 수 있는 색안경의 종류는 무수히 많다. 우리는 이미 순수함과 멀어지고 있고, 의식은 온갖 선입견으로 가득 차 있다. 그래서 나 또한 스스로에게 재차 질문을 던지고 점검한다. 구조 때부터 형성된 선입견으로 "너는 트라우마가 심한 아이야." "너는 사나운 개야." 하며 바라보고 있을 가능성이 높기 때문이다.

간혹 같은 나라 언어를 쓰는데도 말이 안 통한다는 경험을 한 번쯤 해 봤을 것이다. 이는 대화를 하고 있어도 현재에 집중하지 못하고, 서로를 있는 그대로 바라보기 어렵기 때문일 수 있다. 몸만 앞에 두고 마음을 딴 데로 보내거나 서로의 말과 행동을 판단하려 들면 진정한 소통은 불가능하다. 그래서 "눈이 있어도 못 보고, 귀가 있어도 못 듣는다."는 말도 있다.

내가 개에게 배웠으나 실행에 옮기지 못하고 있는 것들, 또는 더 배워야 하나 인간의 한계로 인해 도저히 못 배운 것들이 허다하다. 바로 옆에 나의 스승이 있는데도 말이다. 그럼에도 가끔 개와 함께 있을 때, 나만 준비가 되어 있다면 잠시나마 '지금 여기, 있는 그대로' 흐뭇하고 뿌듯한 지복의 상태로 빠질 수 있었다.

지금 이 순간 글을 쓰는 동안에도 어제, 지난달, 작년에 있었던 일까지 불러내 잡념에 휘둘리고, 내일, 다음 주, 다음 달, 내년 일까지 앞서 걱정하느라 머리가 꽉 차 있다. 이로 인한 시간 낭비와 정신적인 에너지 소모가 큰 것 또한 알지만, 실천이 안 되니 답답할 노릇이다. 개에게 배우려 해도 실천하지 못하는 이 과목은 아마도 내생에서 배움을 이어 가야 할 것 같다.

평생의 갈증을 끝내다

신(God)이라는 단어가 뒤집혀 개(Dog)가 되었다는 표현에는 내 삶의 전환점이 담겨 있다. 10년간 동물보호 활동에 큰 도움을 줬던 미국 친구, 실바 켈리지안의 책 『신이라는 단어를 거꾸로(*God Spelled Backwards*)』의 제목처럼, '신'을 뒤집으면 '개'가 된다는 것이 나와 실바에게는 특별한 의미로 다가왔다.

청소년기 이후 30여 년간 철학, 종교, 신, 죽음, 우주의 섭리, 자연의 이치 등에 대한 갈증을 해소하려 불교와 철학을 공부하며 학문적 접근을 이어 갔다. 철학에서 답을 못 찾고 헤매던 나는 최종 학위를 앞두고 종교학으로 전과했고, 학위를 마칠 때까지 학업과 연구를 쉬지 않았다. 연세대에서 강사를 시작하고는 인생에서 가장 많은 글을 쓰고 읽었지만, 영혼의 갈증은 육신의 목마름으로 이어져 시판하는 생수가 나오기 전까지 어디든 늘 물통을 지니고 다녔다.

종교를 공부해도 해답을 찾을 순 없었다. 책에서 습득한 지식만으로 풀리지 않자 직접 밖으로 스승을 찾아다니게 되었다. 그래서 국내외를 막론하고 성당, 사찰, 교회, 사원, 신앙 공동체, 수도원, 명상원, 영성 모임 등을 수소문해 돌아다녔고, 그곳에서

소위 성자로 불리는 사람들을 만나면 신문에 소개했다. 하도 많은 사람들을 만나고 다니니 주변에서는 나를 '도인 감별사'로 부를 정도였다. 그 선각자들에게 하는 질문은 늘 같았다. 신의 존재, 구원, 깨달음, 열반, 도(道)에 관해 묻고 또 물었다.

그러던 중 한 영성 공동체 수도자에게서 머리를 얻어맞는 듯한 큰 위선을 발견했다. 그는 기존 종파의 조직과 교리에 염증을 느끼고 나온 수도자였는데, 본인이 꾸린 영성 공동체에서 기존의 교리에 자신만의 교리를 가미해 거의 그대로 답습하고 있었다. 문제점을 진지하게 탐구하기보다는 자기 입맛에 맞게 수정한 것에 불과했다. 결국 모두 '자기'라는 한계에 갇혀 있다는 결론만이 나오면서 나는 '찾기'를 멈추었다.

그리고 멈춤의 순간, "멀리서 찾지 말라." "모든 답은 내 안에 있다." "천국은 네 안에 있느니라."와 같은 가르침들이 비로소 의미를 갖기 시작했다. 밖에서 안으로 눈을 돌리니 늘 내 옆에 있는 기쁨이 1번이 반려견 이상의 존재로 크게 다가왔다. 글을 쓰기 위해 취재를 다니면서 집을 자주 비웠기 때문에 나보다 수녀원에서 보내는 시간이 더 많았던 기쁨이에게 난 사죄부터 했다.

그때부터 개를 유심히 관찰하기 시작했다. 당시 살던 북한산 아랫길에서 기쁨이와 산책할 때 마주치는 야생 개들이 하나둘씩 눈에 들어왔다. 본격적으로 개들의 삶의 태도를 마음속에 새

기면서 이후 나의 갈증은 꼬인 매듭이 풀리듯 하나하나 풀려 나갔다.

그러나 개들도 신의 존재 여부에 대해서는 명쾌한 답을 주지 못했다. 늘 '신이 있는가?'가 나의 구도의 여정에서 중요한 주제였다. 만약 신이 있다면, 왜 그 창조주는 만물의 영장이라는 인간을 이 정도의 품질로밖에 만들지 못했을까? 창조주의 실력이 모자라는 것인가? 이런 의문들이 꼬리를 물기 시작하면 다시 마음의 갈증이 심해졌다.

신이 반드시 유일신이어야 하는가에 대한 의문도 들었다. 나 이외 신은 없다며 두 손 모아 빌게 만드는 신은 무척 독선적이지 않은가. 반드시 믿어야 하는 의존 대상으로서의 신을 거두어 내니 홀로서기가 가능해졌다. 무엇보다 외부에 의존하면 갈증은 여전하고 근본적인 문제가 풀어지지도 않았다. 그러니 제자리에서 한발도 못 나간 채 정체되어 있었다는 사실도 직관하게 되었다. 결국 동물 학대의 참상을 목격한 후, 나는 마침내 신을 완전히 버렸다. 어디에도 속하지 않는 무종파, 무교파의 무신론자가 되었다.

초월적인 대상은 믿어 봤자 잠깐의 진통제 그 이상도 아니었다. 저 높은 곳의 막강한 그 무엇을 땅으로 끌어내려 내 눈높이에 맞추니 주변에 널린 것이 신적인 존재로 보이기 시작했다. 풀

한 포기, 꽃 한 송이, 개 한 마리, 이 모두가 작은 우주적 유기체로 보였다. 그리고 어느 순간, 신의 자리에 개가 앉게 되었다.

처음엔 개가 사람보다 낫다는 정도에 그쳤지만, 몇 번인가 곱씹다 보니 나는 어느새 개가 신보다 낫다고까지 말하고 있었다. 서로 사랑하고 이웃을 사랑하라고 원수를 사랑하라는 가르침은 교회 안에서도 보기 어려운 실천인데, 개는 사랑을 주기만 할 뿐더러 무조건적이다. 개의 표정과 몸짓에 나타나는 감정은 인간과 같지만, 희노애락애오욕 중 유일하게 오(惡), 즉 미움이 개들에겐 없고, 미움이라는 감정 자체를 모른다는 걸 나는 어느 순간 깨달았다. 멀기만 한 신보다 지금 내 곁에 있는 너희가 진짜 '꼬마신'이라고, 무조건적인 사랑을 너희에게 배우고 있다고 나는 개들에게 말했다.

그렇게 God의 알파벳을 뒤집은 Dog를 신의 자리에 앉혔다. 신학과 철학의 복잡한 논리를 떠나, 소소하고 단순하지만 개들에게 이미 깊이 내재된 능력과 지혜의 발현에서 나는 영적 갈증을 해소할 수 있었다. 개들은 현재에 충실하고, 상대를 있는 그대로 받아들이며, 욕심을 버리고, 진실된 마음으로 사랑하는 법을 그들의 삶을 통해 우리에게 가르쳐 준다. 이런 가치들은 모든 종교와 철학이 궁극적으로 추구하는 것이 아닐까?

이제 나는 개들에게 이렇게 말한다. "개들아, 제발 인간으로 태어나지 말거라." 인간이 되면 오히려 그들이 가진 순수한 지혜를 잃을지도 모르기 때문이다.

3장

말하지 않아도 통하는 마음

"

내가 아무리 조건 없이 사랑을 주어도
개에 비하면 내 사랑은 턱없이 부족했다.
일생에서 개만큼 내가 믿고 신뢰할 수 있는 존재가 있었던가?

나를 이토록 온전히 사랑해 주고
나만 바라보는 존재가 또 있을까?

"

개들의 언어에 귀 기울이면

난 사람들이 개를 보고 '말 못 하는 짐승'이라 규정하는 것에 반기를 들고 싶다. 개도 말을 하긴 한다. 단어를 소리 내서 발음하지는 못해도 자기 스타일대로 말을 다 한다. 영어에 이런 말이 있다. "동물은 자기 말을 알아듣는 사람에게만 말을 한다.(Animals do speak, but only to those who know how to listen.)" 우리가 경청할 줄만 알면 동물, 특히 개가 하는 말을 이해할 수 있다는 뜻이다.

내 경험에 의하면 이 말은 사실이다. 들을 준비를 하고 집중해 보면 개는 몸짓, 표정, 꼬리, 짖음의 높낮이와 강도로 의사를 분명히 전달한다. 사람이 말로 표현하기 어려울 때 몸짓을 동원하는 것과 다르지 않다. 차이점은 단지 개가 단어를 우리의 소리로 표현하지 못한다는 것뿐이다.

1500년경 레오나르도 다빈치는 일기에 이렇게 썼다. "인간은 풍부한 언어 능력을 지녔지만, 그 내용은 대부분 공허하고 거짓된 것들이다. 반면 동물은 한정된 것밖에 표현하지 못하지만 그 내용은 진실되고 유용하다. 화려한 거짓보다 작지만 진실된 편이 더 가치 있다." 비슷한 맥락의 출처를 알 수 없는 격언도 있다. "신이 개에게 말을 허락하지 않은 이유가 있다. 사랑과 충성은 행동으로 나오는 것이지 말로 하는 것이 아니기 때문이다."

우리가 '말 못 하는 짐승'으로 치부하지만, 개는 말을 잘 하고 알아듣기도 잘 한다. 특히 사람 입에서 나오는 단어를 알아듣는 것에는 기가 막힐 정도로 특별한 재능이 있다. 관찰에 따르면 개는 자기에게 한 번 입력된 단어는 평생 잊지 않는다. 우리나라 천재견 호야는 생후 두 달째에 30개의 단어를, 이후 족히 100개의 단어를 이해했다. 세상에서 가장 똑똑한 개라고 불리는 보더 콜리 체이서는 1,000개 이상의 단어를 알아들었다고 한다. 만약 당신이 지금 개와 함께 산다면 가장 흔한 방법으로 이름을 불러 보라. '간식', '산책', '앉아', '밥' 등 액션 없이 몇 개의 단어만 말해도 개는 즉시 반응할 것이다.

개가 말에 반응하는 것은 의미를 이해하는 것이라기보다는 사람의 발음이 만드는 진동과 파동의 높낮이를 인식하기 때문이라고 한다. 그러므로 단어 자체보다는 소리의 파장이나 리듬, 진동의 폭 등 음성학적 특성이 중요하다. 내가 뽀뽀하자고 말하며 얼굴을 갖다 대고 입술을 내밀면 개는 나의 그 행위를 "뽀뽀"라는 단어의 진동으로 입력해 두었는지 곧바로 얼굴을 핥아 준다.

이러한 특성 때문에 우리나라에서 나고 자란 개라고 해도 다른 나라의 말을 금세 알아듣는다. 해외 입양을 앞둔 개들에

'병원'이라는 말에 침대 밑에 숨더니
하루가 지나서야 나온 포비

게 기본적인 영어 명령어 몇 개를 가르친 적이 있다. 'Sit(앉아)', 'Wait(기다려)', 'Give me your paw(손 줘)' 등을 가르쳤고 결과는 100점이었다. 언어가 달라도 사람 입에서 나오는 단어는 두 번째부터는 무조건 저장한다.

구조했던 강아지 포비가 퇴원 후 며칠간 내 방에서 격리하던 때의 일이다. 마침 왔던 봉사자가 "포비는 좀 어때요?"라고 묻기에 "내일 병원 한 번 더 가야 해요."라고 대답했다. 그 순간 옆에 있던 포비가 기겁하고 침대 밑으로 기어들어 가더니 다음 날까지 나오지 않았다. "나 병원에 가기 싫어!"를 몸으로 보여 주는 이 의사 표현이야말로 단어보다 더 명확하지 않은가?

나의 관찰에 따르면 개들에겐 보디랭귀지 외에도 파동의 언어가 있는 듯하다. 에너지 파동으로 상대를 이해하고 자기 감정을 표현하는 기술이다. 나와 특출나게 깊은 교감을 나누었던 개들은 내가 침묵해도 내 생각을 파악하고 있었다. 그래서 나는 개들과 있을 때 부정적인 에너지를 뿜지 않으려 노력하고 말조심을 한다. 이는 사람과 개 사이뿐 아니라 개와 개 사이에서도 일어난다. 특히 무리 지어 있을 때 두드러진다. 오래전 북한산 아래에 살 때, 산속 개들에게 밥을 한번 놓아 주기 시작하면 다음 날에 그 개가 선두에 서서 다른 개들을 우르르 끌고 왔다.

파동 에너지를 읽는 기술이 다른 동물에게도 있다고 느낀 적이 있다. 2006년에 출간한 『하늘 아래 아늑한 곳』을 집필하기 위해 한창 전국의 수도원과 영성 공동체 등을 방문하던 중 겪은 일이다. 법정 스님 인터뷰를 위해 송광사 불일암에 갔다가 폭설로 갇혔을 때, 한 상좌스님이 산토끼 이야기를 들려주었다.

매년 한 번은 폭설로 큰 절에 내려가지 못했는데, 그럴 때면 산토끼가 암자 뒤편에 나타났다고 한다. 그해에도 얼마간 암자에 갇혀 있다가 식량이 바닥날 무렵이었다. 어김없이 나타난 산토끼를 보며 한 스님이 농담으로 "저건 우리 비상식량이다!"라고 외쳤다. 그랬더니 그 후로 아무리 먹이를 놓아도 산토끼들이 다시는 안 나타났다는 것이다. 이 일화를 들은 스님들과 나는 산짐승이 사람 말을 다 알아듣는다며 놀랐다.

개 지능과 언어 분야의 세계적인 권위자 스탠리 코렌 교수는 사람과 개의 소통 방식과 '신호'를 언어라고 정의한다. 여기서 개는 그들의 언어를 사용하는데, 이것을 우리가 외국어를 공부하

듯 배워 두면 개의 감정 상태를 이해하고 효과적으로 소통할 수 있다고 설명한다.[2]

코렌 교수는 흥미로운 학설도 제시한다. 그에 따르면, 수렵 시대에 인간은 사냥에서 개의 도움을 받게 되면서 후각이 퇴화했고, 이러한 퇴화가 오히려 인간의 성대 발달에 영향을 주어 결과적으로 언어 능력이 향상했다는 것이다. 대신에 개는 몸짓, 짖음의 언어를 발달시켜 사용하게 되었다. 내가 개도 자기만의 방식으로 말을 한다고 주장하는 이유는, 나의 관찰 뿐만 아니라 스탠리 코렌 교수의 견해가 뒷받침해 주기 때문이다. 그의 저서 『개는 어떻게 말하는가』는 사람이 개의 비언어적 표현을 읽고 소통하는 방법을 자세하게 제시한다.

결론적으로 개는 코로 세상을 보고 언어학적 차원을 넘는 보디랭귀지와 신호로 할 말을 한다. 짖음의 강도, 자세의 높낮이, 눈빛, 꼬리와 수염의 움직임 등 모든 신호가 개의 언어다. 귀를 쫑긋 세우거나, 내리거나, 뒤로 젖히거나 늘어뜨리는 것 모두 감정과 의도를 담은 표현들이다. 이처럼 개들은 자기 의사나 감정 상태를 풍부하고 또 충분하게 온갖 신호로 다 드러내고 있으니 신호를 읽어 내는 것은 사람의 몫이다. 신호는 거짓말을 하지 않으니 사람과 대화할 때보다 확실한 즐거움과 명료함을 매일 느낄 수도 있을 것이다.

나는 개가 말을 못 한다는 통념에 반대하지만, 개가 사람처럼 언어를 구사하지 못 하는 것이 오히려 다행이라고 생각한다. 이러한 결핍이 오히려 개의 타고난 감각과 직관을 강화했기 때문이다. 언어가 없어 개의 오감에 더한 동물적 육감이 예민하게 발달한 것이다. 게다가 개가 사람의 언어까지 쓴다면 세상은 너무 시끄러울 수도 있겠다.

때로는 침묵이 가장 큰 위로

앞서 개가 자기만의 방식으로 풍부하게 소통한다고 말했지만, 그 반대편에는 언어를 가진 인간의 역설이 있다. 단어로 표현할 수 있는 능력을 갖고 있음에도 오히려 진정한 소통에 실패하는 경우가 많기 때문이다. 말을 하면 할수록 오해가 생기고 소통은 어려워지는 아이러니한 현상을 나는 자주 목격했다.

인간에게 언어가 없었다면 어땠을지 가정해 보자. 아마도 우리의 삶은 개들처럼 단순하고 직관적이었을 것이다. 단어에 갇혀 이름과 표상을 만들고 그것에 집착하는 일도 없었을 것이다. 좋다, 싫다, 예쁘다, 밉다와 같은 이중적인 구분이 주는 분별심도 적었을 것이다. 언어의 출현으로 인간은 오히려 자연스러운 소통의 능력을 잃어 버린 것은 아닐까?

나는 말에 늘 서투르다. 중등교육을 한국식으로 받지 않아 우리말 어휘력이 부족하고, 논리적으로 일목요연하게 표현하는 일이 어렵다. 긴 대화에는 늘 주눅이 들고, 입을 열면 지극히 직설적인 말만 나온다. 상대의 말에 반응하려다 약한 표현력에 막혀 몸짓으로 끝내고 말기도 한다. 어렵사리 말을 해도 상대가 내 말을 알아들을 수 있을지 의문이 들고 나 자신도 답답해진다.

이러한 점 때문에 사람과의 소통은 종종 불통이 되어 버렸다. 반면 개와의 소통은 수월하고 신경 쓸 것이 없다 보니, 개들과 더욱 가까워지게 되었다. 이들과 나누는 깊이 있는 교감, 유대감, 연대감을 통해 나는 정서적인 안정까지 얻게 되었다.

흔히 사람은 신구의(身口意), 즉 몸, 입, 생각으로 업을 짓게 되는데, 그중 입으로 짓는 업이 가장 크다고 한다. 이는 우리가 입으로 저지르는 실수가 얼마나 많은지를 보여 준다. 말의 뼈대에 살이 붙으면 구설수, 이간질, 아첨, 근거 없는 소문, 험담으로 변질된다. 사람의 세 치 혀는 통제되지 않으면 무기가 될 수 있다. 내가 옳고 네가 틀리다며 단정 짓고, 방금 한 말을 금세 뒤집기도 한다. 육체의 상처는 아물면 그만이지만, 말로 받은 상처는 평생을 따라다닌다.

사람과의 관계에서는 상대의 속내를 읽어야 하고, 수많은 사회적 규범과 예의를 지켜야 한다는 부담이 있다. 반면 개들은 좋으면 좋다고, 싫으면 싫다고 솔직하게 표현한다. 소통이 단순명료해서 불순물이 낄 틈이 없고, 스트레스와 잡생각이 줄어들기 때문에 인간관계에서처럼 피로감을 느낄 일이 없다. 서로 의사를 전달할 때는 표정과 몸짓으로 표현하면 충분하다. “침묵은 금이다.”라는 말처럼, 때로는 침묵 속에서 눈빛을 주고받거나 쓰다듬는 것, 혹은 몸을 맞대는 것만으로 언어보다 더 깊은 소통이 이루어진다. 그렇게 개에게 자잘한 위안을 받았고, 편히 웃을 일도 많아져 일상에 활력을 잔뜩 선물받았다.

쇼펜하우어가 남긴 명언이 있다. 사람의 불행은 혼자 있을 수 없다는 데서 온다고. 그런데 외로움을 달래기 위해 사람을 찾으면 결국 다시 혼자가 될 확률이 높다. 자기만의 십자가를 지고 각자 살기 바쁜 세상에 나의 외로움을 전적으로 달래 줄 상대는 흔치 않을 것이며, 있다 해도 그것은 잠깐의 진통제일 뿐이다.

그래서 난 주변에서 외로움의 냄새가 나거나 혼자 있을 수 없어 자꾸 밖에서 상대를 찾는 사람을 보면 유기견 보호소에 가 볼 것을 권한다. 처음 가면 당황할 수 있다. 사람의 눈길, 손길 한 번 받으려 애타는 아이들의 짖음이 먼저 맞이하기 때문이다. 나의 권유로 봉사를 갔던 분은 시끄러운 소리와 역겨운 냄새에 도저히 있을 수 없어 쫓기듯 나왔다고 했다. 충분히 이해한다. 하지만 생각해 보면 사람도 버티기 어려운 그곳에서 그 아이들은 평생 사랑을 받으려 안간힘을 쓰고 있다. 개도 돕고 사람도 돕는 이 일석이조의 일을 자기 불편으로 모두 마다한다면, 우리는 인간으로서 할 수 있는 작은 희생조차 외면하는 것이 아닐까? 그 불편함을 조금만 견디면 천생연분처럼 기다리는 개를 만날 기회도 있고, 운 좋게 입양으로 이어진다면 외로움을 느낄 새가 없을 것이라 장담한다. 공허함을 채우려 외부에 의존하던 습관의 무게가 줄어드는 것도 경험할 수 있다.

무엇보다 개들은 사람의 감정을 정확히 읽어 내고 마음을 나누어 준다. 슬프거나 기쁠 때, 심지어 아플 때도 알아차린다. 사람의 에너지 상태와 뿜어 내는 파동을 읽는 것이다. 그리고 그 감정에 따라 행동을 바꾸고, 때로는 위로까지 해 준다. 우울할 때 더 가까이 다가오고, 아플 때 옆을 떠나지 않는다. 이런 깊은 감정 교류에는 진정성만이 가득하다.

이제는 사람도 개처럼 신호의 언어, 침묵의 언어를 배워야 할 때가 왔다. 개들과 함께하며 나는 더 많이 웃고, 더 자주 밖으로 나가고, 더 깊이 교감하는 법을 배웠다. 개가 가르쳐 준 관계의 지혜는 인간관계의 불통을 소통으로 바꾸는 열쇠가 된다.

내면을 꿰뚫는 제3의 눈

내가 굳건하게 믿는 몇 안 되는 것 중 하나는 개의 '사람 보는 눈'이다. 사람의 에너지와 기운을 읽어 내는 개들의 기술은 기가 막히게 탁월하다. 만약 길거리에서 개가 따라온다면 분명 그 개는 그가 자기를 해치지 않을 사람이라는 점을 알아차린 것이다. 그래서 난 개가 잘 따르는 사람을 보면 그를 '개에게 간택당한 좋은 사람'으로 여기고 마음을 연다. 개의 선택을 믿기 때문이다.

최근 산책 중에 새 이웃과 백구 다복이를 알게 되었다. 개의 온화한 표정이 꼭 주인을 닮아 호기심이 가서, 내가 개에게 먼저 "넌 이름이 뭐니?" 하고 말을 걸어 주인과 대화를 나누었다. 다복이는 재작년 말 등산로에서 주차장까지 주인 아주머니를 따라와 만나게 된 아이였다고 한다. 집이 이미 있을 수도 있어 등산객들에게 수소문을 하던 중 주차관리원으로부터 다복이가 아기 때 산에 버려졌던 개라는 사실을 전해 들었고, 그때부터 다복이는 현재의 주인과 함께 살게 되었다. 난 멋진 인연을 맺게 된 것에 축하 인사를 건네며 이렇게 말했다. "개에게 간택된 분이라면 내가 먼저 이웃하자고 청하고 싶어요."

다복이 엄마는 궁금해했다. "그 많은 등산객이 드나드는 산에서 다복이가 왜 하필 나를 따라왔을까요?" 내 대답은 이랬다. "그건 다복이가 사람 보는 눈이 있기 때문이에요." 다복이는 가족 삼고 싶은 사람을 자기가 직접 고른 것이다.

보호소에 다녀간 수많은 봉사자 중에서 유난히 개들이 믿고 따르는 이들에게는 공통점이 있었다. 몸짓이 느리지만 점잖고, 목소리가 온화하고 조용한 분들이었다. 나에게도 좋은 사람인 것이 느껴졌으니 에너지를 읽어 내는 개들은 더 강력하게 알아챘을 것이다.

정기적으로 주말에 오던 봉사자 중에 유일하게 학생 신분이었던 명희 씨는 조용한 성격에 말수가 적고, 나와 대화할 때도 서로 말 대신 미소를 나누는 경우가 많았다. 몸 자체의 동작은 느리지만 아이들에게 주는 손길이 무척 젠틀했다. 방문 첫날엔 견사를 돌며 아이들에게 손을 내밀어 냄새 인사를 나누고 이름을 외우더니, 금방 한 마리씩 데리고 산책을 나갔다.

처음 보는 봉사자를 선뜻 따라 나가는 개는 원래 그리 많지 않다. 특히 장군이는 낯선 사람에겐 무조건 짖고 봤다. 그런데 장군이는 처음 보는 명희 씨에게 단 한 번도 짖지 않았고 산책도 가장 오래했다.

다음 날 아침, 큰 보호소 놀이터에서 놀던 장군이가 잔디 위

명희 씨의 산책 시간.
앞쪽의 개가 장군이다.

에 앉아 있던 명희 씨의 무릎에 올라가 대자로 누웠다. 장군이가 명희 씨를 처음 만난 지 만 하루도 안 된 시점이라 난 깜짝 놀라 "명희 씨 개 홀리는 재주가 있나 봐."라고 감탄하고는, 사람 볼 줄 안다며 장군이의 머리를 쓰다듬어 주었다. 명희 씨는 부드러운 사람의 전형이었고, 개의 사람 보는 눈은 정확했다.

민형 씨는 보호소를 닫기 직전까지 6년 정도 꾸준히 도움을 준 봉사자로, 늘 조용하고 느긋한 청년이었다. 민형 씨는 함께 있는 것만으로 상대를 안정시켜 주는 재능이 있어서 구조한 개 중에서 트라우마가 심하거나 겁이 많아 산책조차 나가기 힘든 개들을 담당했다. 그중 백구 탱크는 도봉산 중턱 뜬장에서 구조했던 열여덟 마리 중 하나였다. 경계심이 심해 119까지 불러 어렵게 구조한 아이로, 처음 며칠간 사람에 대한 공포심에 극도로 몸을 떨었다.

탱크는 이후에도 사람이 다가가는 것을 잘 허락하지 않아서 보호소에 데려온 지 한 달도 안 된 시점에 난 탱크에게 세 번이나 물렸다. 마음의 준비가 되지 않은 탱크에게 산책 연습을 한답시고 무리하게 목줄을 채우려 한 나의 탓이었다. "탱크야, 너를 이렇게 만든 인간을 용서하려무나." 이런 말이 내가 해 줄 수 있는 유일한 위로였다.

이처럼 사람의 접근을 극구 거부하는 탱크가 유일하게 곁을 내주는 사람이 민형 씨였다. 극도로 예민하고 공포에 시달리던 탱크에게 민형 씨는 유일한 안식처였다. 다른 사람의 손길에는 입질을 하다가도 민형 씨가 쓰다듬으면 가만히 있었다. 탱크 눈에는 민형 씨를 제외한 모든 사람이 괴물 혹은 유령처럼 보였나 보다. 해외 입양을 위해 영국 훈련사 사라가 왔을 때도 민형 씨의 도움으로 2주간의 훈련을 마치고, 10월에 탱크를 뉴욕행 비

민형 씨의 손길에 가만히 있는 탱크

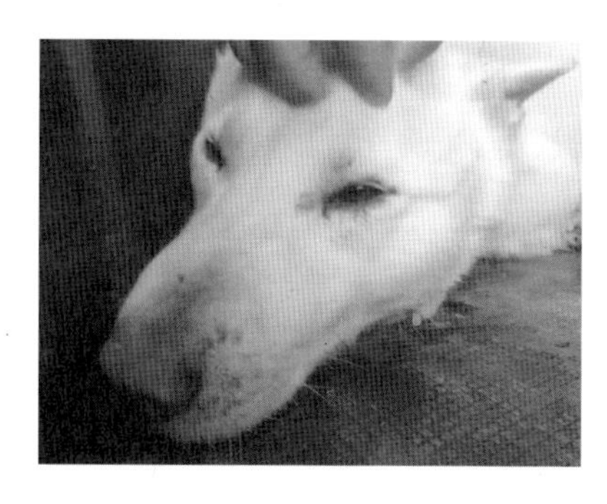

행기에 무사히 태워 보낼 수 있었다.

탱크는 적응 기간이 많이 필요했어서 우리 보호소에서 가장 오래 머무른 '최장기 숙박자'로 기록되어 있다. 미국에서 들려오는 소식에 따르면 사람에 대한 긴장은 여전히 늦추지 않고 있으나, 이젠 다른 개들과 어울리며 마음의 문을 열고 있다고 한다. 탱크가 이렇게 편안해질 수 있었던 것은 민형 씨의 노력과 온화한 에너지 덕분이다. 개들은 겉모습이나 지위가 아니라 내면의 진짜 모습을 알아보는 법을 알고 있는 걸까? 우리도 서로를 대할 때 개처럼 겉모습이 아닌 내면의 진실에 집중한다면, 좀 더 진정성 있는 관계를 맺을 수 있지 않을까 기대해 본다.

사랑밖에 난 몰라

개의 외모가 아닌 정신세계를 깊이 관찰한 사람만이 아는 세상이 있다. 그곳에서는 '사랑'이라는 단어의 깊은 의미가 생생하게 살아난다. 무한대의 사랑을 체험할 수 있는 세상, 그것이 가능한 이유는 개가 할 줄 아는 게 오로지 사랑뿐이기 때문이다. 개는 사랑받기를 원하지만, 동시에 끝없이 사랑을 퍼 주는 존재다.

난 개야말로 지구상에서 유일하게 사람을 사랑하도록 유전적으로 타고난 생명체라고 믿는다. 게다가 개의 사랑은 처음부터 끝까지 초심 그대로 변함이 없다. '개는 자기 자신보다 당신을 더 사랑하는 유일한 생명체'라는 말도 있지 않은가.

개의 사랑에서 가장 대단한 점은 티끌 하나 없는 순수성이다. 주인이 잘났든 못났든 개에게는 중요하지 않다. 한번 마음을 준 이를 향한 사랑은 세상의 기준을 떠나 있기에 오염되지 않는다. 개들의 한 특성인 충성은 사랑의 가장 순수한 표현이다. 어릴 적 개가 보여 준 사랑 표현 중 기억에 남는 건, 잠시라도 외출했다가 귀가하면 한결같이 보여 주던 환영 의례였다. 펄쩍펄쩍 뛰며 반기던 그 모습은 내가 독립한 이후 오랜만에 본가에 가도 그 누구도 따라하지 못했던 커다란 사랑이었다.

사람과 사람 사이의 사랑은 처음엔 열정적이다가 점차 식어 간다. 시간이 지나며 감정의 농도와 강도가 줄어든다. 그러나 개와의 사랑은 정반대다. 시작부터 신뢰에 기반하며, 신뢰가 쌓일수록 사랑의 깊이는 오히려 깊어져만 간다. 사람과의 사랑이 식고 무관심으로 변질될 때도 개의 사랑은 숭고하고 한결같다.

"영원히 당신만을 사랑할게요."라는 말은 사람들이 한창 사랑에 빠졌을 때 흔히 하는 약속이다. 이 말은 행여 거짓으로 나온 말이라 해도 믿고 싶게 하는 매력이 있다. 그러나 대부분의 경우 그 영원함은 지켜지지 않는다. 세상의 음악 절반 이상이 영원한 사랑을 노래하는 것은, 그만큼 우리가 변하지 않는 사랑에 목말라 있다는 증거일 것이다.

사람에겐 네 가지의 사랑이 있다 한다. 첫째, 연인 간의 사랑. 둘째, 모성애. 셋째, 친구 간의 우정. 그리고 넷째는 좀 더 높은 차원의 숭고한 사랑(Divine Love)이다. 첫째와 셋째는 변질 가능성이 높지만, 모성애와 숭고한 사랑은 대상이 눈앞에 현존하든 안 하든 변치 않는다는 특성이 있다. 개의 사랑은 이 중에서도 모성애와 숭고한 사랑에 가깝다.

내가 숭고한 사랑의 전형을 본 것은 아프리카에서 헌신적인 삶을 살았던 이태석 신부님과 어릴 적 성당에서 만난 수녀님들을 통해서였다. 그리고 개들에게서도 이와 같은 차원 높은 사랑을 목격했다. 개의 사랑과 인간의 헌신적인 사랑 사이에는 본질적 유사성이 있다. 모두 자기 자신보다 타인을 무조건적으로 우선시하는 형태라는 점이다.

만약 수치로 표현할 수 있다면, 내가 첫 번째 반려견 기쁨이에게 준 사랑이 1이라고 쳤을 때 기쁨이가 나에게 준 사랑은 100만이었다. 내가 아무리 조건 없이 사랑을 주어도 개에 비하면 내 사랑은 턱없이 부족했다. 일생에서 개만큼 내가 믿고 신뢰할 수 있는 존재가 있었던가? 나를 이토록 온전히 사랑해 주고 나만 바라보는 존재가 또 있을까?

개들은 내가 하는 건 뭐든 다 응원하고 지지해 주는 동반자였다. 나에게 무슨 일이라도 있어 슬퍼 보일 때, 혹은 내가 불안할 때 슬며시 곁에 와 앉던 기억들이 무수히 많다. 나를 가장 잘 이해해 주는 사람들과도 나눌 수 없었던 깊은 교감을 나는 개들과 나누었다. 이 모든 것에서 털끝만큼도 가식 없는 순수함이 느껴진다. 사랑의 순수성에 관한 한 어떤 존재도 개를 능가하지는 못할 것 같다.

재난 현장의 수색견을 보면서 사람이 할 수 없는 일을 감당하는 모든 도우미견의 재능이 사랑에서 비롯된다고 확신한다. 이런 점에서 개를 '신의 선물'이라 부른다 해도 과언이 아닐 것이다. 어쩌면 개에게는 '사랑'이라는 단어보다 '신뢰'와 '충성'이란 표현이 더 정확할지도 모르겠다. 개와의 사랑은 신뢰가 쌓임에 따라 깊은 충성으로 드러나기 때문이다.

사람의 사랑은 입에만 머무는 경우가 많다. 진정한 사랑은 말이 아닌 행동으로 나타나야 한다. 입으로만 하는 사랑은 시간이 지나면 퇴색되고 변질되기 쉽다. 이에 반해 개의 사랑은 말이 아닌 모든 행동을 통해 지속적으로 증명된다.

사람과의 사랑에는 한계가 있음을 인정해야 한다. 내가 사람을 사랑할 때 그 감정의 깊이는 상황에 따라 크게 달라진다. 인정하긴 어렵지만, 조건부 사랑이 대부분이기 때문이다. 그러나 상대가 개일 때 무조건적이고 무제한으로 사랑이 뻗어 나가며 연속성과 영구성이 같이 한다. 나의 더 나은 자아를 끌어낸다는 점, 이것이 개가 가진 놀라운 힘이기도 하다.

아이샤와 함께했던 순간들만 떠올려도 그렇다. 아이샤의 고통을 내가 가져오고 싶었을 때, 개와 사람, 혹은 별개의 존재라는 구분이 사라졌다. 그 순간마다 나의 에고는 완전히 없어졌고 아이샤가 죽은 후에도 무아의 상태에서 느끼는 신뢰의 감각이 식지 않고 남아 있다. 이런 경험을 통해 깨달은 것은, 진정한 사랑은 육신의 유무와는 별개로 끊임없이 흐른다는 사실이다.

그렇기에 개와는 영원함이 현실이 된다. 개와 나눈 사랑에는 과거와 미래가 없는 현재진행형으로 존재한다. 비록 눈앞에 없다

해도, 영혼으로 나누는 깊은 대화는 계속할 수 있다. 영혼은 육신보다 질기며 단단하기 때문이다. 그리고 우리는 어떠한 형태로도 다시 만날 것이라는 진리가 남아 있다. 개와의 사랑은 내 생이 다하는 날까지 '사랑해'라는 약속으로 이어지며, 이것이야말로 진정한 영원이다. 결국 개는 우리에게 변치 않는 사랑이 무엇인지 가르쳐 주는 가장 위대한 스승인지도 모른다.

오감을 넘어선 교감

눈, 코, 귀, 혀, 몸 전체가 정교한 탐지기 역할을 하는 개들은 사람과는 다른 방식으로 세상을 경험한다. 그래서 개의 세계를 깊이 들여다보면 우리 인간이 경험하는 것을 넘어서는 소통이 있다. 그들의 오감과 육감, 파동의 에너지는 인간의 언어보다 더 직접적이고 선명한 소통 수단이 된다. 이때 개의 특성을 알고 있다면 개를 이해하고 마음을 나누는 데 훨씬 도움이 될 것이다.

• 세상을 읽는 코

후각 능력에 있어 개들을 따라갈 자가 없다는 것은 공공연한 사실이다. 개의 후각 능력은 인간의 1만~10만 배에 달하는데, 개들은 코로 냄새만 맡는 게 아니라 세상을 보고, 듣고, 느낀다. 후각수용체가 사람의 50배가량 많아 사람의 감정 상태, 스트레스, 분비되는 호르몬의 냄새까지 감지할 수 있다고 한다.[3] 사람이 귀가하는 시간을 자신만의 '배꼽시계'처럼 후각으로 계산한다는 가설도 있다.

후각은 개들끼리의 언어 전달에 쓰이기도 한다. 깊은 산속 야생 개 무리의 이야기지만, 개가 뛰어난 후각을 얼마나 다방면으로 이용하고 있는지 알려 주는 사례가 있다. 야생 개는 혼자서 우연히 큰 먹잇감을 발견하면 거기에 자기 몸을 굴린다. 먹잇감에 자기 체취를 심어 두는 동시에, 자기에게 먹잇감 냄새를 스며들게 하는 것이다. 그렇게 하면 다시 찾아갈 때 거리가 아무리 멀어도 문제가 되지 않는다. 이런 이중 장치 덕에 친구들과 함께 쉽게 그곳에 찾아 갈 수 있다.

사람과의 교감에서도 후각은 가장 중점적으로 쓰이는 감각이다. 개들은 사람의 임신 여부나 암이나 당뇨를 후각으로 탐지하기도 하고, 우울증이나 자폐증, 주의력 결핍 등 정신 질환의 치료에도 도움을 준다. 임신을 한 후에 반려견을 버리는 사람들의 소식이 가끔 들리는데, 나는 이 발상을 도통 이해할 수 없다. 인간 중심적인 시각으로만 보아도, 개를 쓰다듬고 시간을 나누면 오히려 배 속 아이와 불안한 임산부에게 정서적 안정감을 준다. 또한 아이가 태어난 후에도 몸과 마음의 건강에 기여하는 하나뿐인 친구를 버리는 것과 마찬가지다.

• 보이지 않는 것을 보는 눈

어느 늦은 밤 산책하던 중에 개가 갑자기 어둠 속에서 경계 태세를 취했던 적이 있다. 나는 아무것도 보지 못했지만, 개는 멀리서 다가오는 낯선 사람을 이미 감지한 것이다.

개의 시력은 평균 0.3 정도로 낮지만 약한 시력을 보완하는 동체시력이 발달해 있다. 시야 반경도 사람이 180도 수준이라면 개는 250~290도 수준으로 훨씬 넓어서 사람이 볼 수 없거나 놓친 것을 보기도 한다. 사람이 감지하지 못한 위험이나 상황 변화를 먼저 알아차리는 것은 이 때문이다.

사람들이 개를 영물이라 부르거나 귀신을 본다고 하는 것도 이런 맥락일 테다. 개는 시각적 정보와 다른 감각을 통합한 '제3의 눈'을 가지고 있다. 또한 늑대의 야행성 유전자 덕에 어두울 때 시각 능력이 더욱 빛을 발한다

그러므로 만약 개가 허공을 보고 평소와 다르게 짖거나 긴장한다면 나도 모르는 것을 알아차렸다고 생각하고 주변을 점검하는 것을 추천한다. 개의 시선 끝에는 우리가 미처 감지하기 힘든 세상의 신호들이 있다.

• 기억하고 표현하는 귀

개는 사람보다 4~10배 뛰어난 청각을 가지고 있다. 그래서 외이도와 달팽이관이 훨씬 발달한 개들에게는 사랑한다고 작게 속삭여도 크게 들린다. 예민한 만큼 정교한 것인지, 해외로 입양된 개들은 후각을 사용하지 못해도 목소리만으로 나를 기억하기도 한다. 영상 통화로 이름을 부르면 보이지 않는 곳에 있다가

도 뛰어오는 아이들이 많았다.

뛰어난 청력 때문에 2015년에는 강아지 훈련소 근처에서 이루어진 터널 공사 발파 작업으로 인해 어린 강아지 서른 마리가 집단으로 사망하는 사고가 있었다. 귀가 닫혀 있는 리트리버 같은 종보다는 귀가 늘 서 있는 진돗개, 허스키, 말라뮤트가 소음에 더욱 민감하다.

마음의 안정을 주고 싶다면 이런 특징을 활용할 수도 있다. 나는 먹힐 뻔한 두려움에서 가까스로 벗어난 개들에게 도움이 될까 싶어 늘 보호소 견사에 잔잔한 라디오를 조그맣게 틀어 두었다. 사료를 줄 때 조용한 음악 속에서 낮은 목소리로 속삭이는 것도 교감에 도움이 된다. 또한 개의 상태를 파악할 때는 귀의 모양을 살피면 된다. 귀를 쫑긋 세우거나, 뒤로 젖히거나, 밑으로 내리는 등 귀의 위치로 자신의 감정을 표현한다.

• 감각을 넘어선 파동의 언어

개의 세계에서 가장 신비롭고 인간으로서 이해하기 어려운 것은 그들이 사용하는 '파동의 언어'일 듯하다. 오감을 넘어서는 이 소통 방식은 우리 인간이 흔히 '육감'이라 부르는 것과 유사한데, 개에게서는 더욱 강력하고 명확하게 나타난다.

나의 관찰에 의하면 개의 세상은 파동의 에너지다. 개들 사이의 첫 만남에서 특히 이 파동 에너지의 교환이 두드러진다. 일반적으로 생각하는 것과 달리, 신체적 접촉이나 냄새를 통해 인사를 나누기 전에 파동의 교환이 이루어진다. 서로의 에너지를 파악한 후에야 '냄새 인사'라 부르는 엉덩이 탐색이 진행된다. 굳이 비교하자면 사람이 악수를 하기 전에 인상이나 눈빛으로 상대를 확인하는 것과 비슷하다.

이때 내린 판단이 개들의 관계 형성에 결정적인 역할을 한다. 낯설어 하지만 서로 맘에 든 티를 내는 개들이 있는 반면, 짖거나 목과 등쪽 털을 세우며 으르렁거리는 개들도 있다. 사람에게도 이유없이 끌리거나 왜인지 가까이하고 싶지 않은 상대가 있듯이, 개도 에너지가 상극이거나 합극인 상대가 있는 것이다.

이때 에너지가 안 맞아 다투는 개들은 분리가 상책이다. 질투나 간식 때문에 싸우는 거라면 으르렁대다 그만두니 상관이 없지만, 그 차원이 아니라면 큰 싸움이 벌어질 수 있기 때문이다. 파동 에너지는 품종이나 성격, 사회성과 무관해 보인다. 지능이 높다고 알려진 보더콜리와 성격이 좋은 리트리버도 파동이 맞지 않으면 서로 무관심하거나 적대적일 수 있다.

개들은 자신들만의 언어로 위계질서와 사회적 관계도 형성한다. 상대를 우위에 있다고 인정하거나 화해하고 싶을 때는 특별한 신호를 보낸다. 꼬리를 다리 사이에 숨기거나, 하품을 하거나,

몸을 낮추거나, 웅크리거나, 뒤로 물러나는 등의 행동은 모두 파동 에너지의 일부로서 의사소통의 수단이다. 이런 비언어적 소통은 종종 인간의 이해 범위를 넘어서기도 한다.

앞서 언급했던 개들의 사람 보는 안목이라든가 언어를 뛰어넘는 깊은 교감이 가능한 것도 바로 이러한 특성 때문일 가능성이 크다. 말로 표현하지 않는 부분까지 알아채 버리니, 가끔 개와 눈을 마주치면 설명하기 어려운 연결감을 경험하게 된다. 파동이란 것은 거리나 시간의 제약을 넘어서므로, 받아들이기만 하면 아마 지구상에서 가능한 가장 특별한 경험을 할 수 있지 않을까 싶다.

사랑과 책임, 함께하는 삶

“

“사람은 어떻게 하면 착하게 살 수 있는지
배우러 태어나는 거예요. 어떻게 다른 사람들을 사랑하고
친절하게 대할 수 있는지 배우려고요. 그런데 개들은
원래 다 알고 있어요. 그래서 오래 있을 필요가 없는 거예요.”

개가 일찍 죽는 이유를 ‘이 세상에서
더 이상 배울 게 없어서’라고 표현하다니, 정확하다.
그래서 나는 개들을 보낼 때마다 이 이야기를 떠올린다.

”

행복보단 '복행'하세요

행복하라거나 복 많이 받으라는 인사 대신 나는 "복행(福行)하세요."라는 인사를 나눈다. 이 세상에 공짜는 없기 때문이다. 복은 저절로 굴러 들어오지 않는다. 행하고, 지어야 받는 것이다. 복을 행하면 복이 따라온다는 진리는 한 치의 틀림이 없다.

나는 보통 개에게 복을 행한다. 영어의 언더독(Underdog)은 '약자'라는 의미를 담고 있다. 오랫동안 약자를 위해 무언가를 한다는 특별한 의식 없이 봉사를 이어 왔고, 봉사에 집중한 나의 복행은 세월 속에 눈덩이처럼 커져 행복으로 되돌아왔다. 그 보람은 이 세상 어디서도 느낄 수 없다.

매년 버려지는 평균 10만 마리 이상의 유기동물은 대체로 열악한 환경에 처해 있다. 지자체나 사설 유기견 보호소 어디든 가족을 기다리는 생명들로 넘쳐 난다. 이들에게 가장 절실한 것은 임시보호와 입양, 그리고 봉사의 손길이다. 각자의 사정에 따라 당장은 어렵더라도 한 사람이 할 수 있는 동물보호 활동은 생각보다 많다. 유기견 보호소 봉사, 이동 봉사, 임시보호 혹은 캣맘과 도그맘처럼 길거리 동물들에게 밥을 주는 복을 행하는 것도 의미 있는 선택이다.

복을 행한 뒤에는 쓴맛을 느끼게 될 때도 있지만, 개나 고양이처럼 나보다 약한 존재에게 하는 복행은 보람 이상의 단맛만이 남는다. 물론 동물에게 하는 복행의 과정이 늘 순조롭기만 한 것은 아니다. 개와 함께하는 삶에는 어느 정도의 불편과 희생도 따른다. 복을 행한다는 것에는 '~에도 불구하고'라는 조건이 붙기 마련이다. 시간이든 비용이든, 내 것을 내어 주는 희생을 각오해야 한다.

개나 고양이를 좋아한다고 말하는 사람은 많지만, 실제로는 오로지 자신의 반려동물에만 애착을 보이는 경우가 대부분이다. 복행할 때 '내 것'에만 집중하는 것은 피해야 한다. 그런 점에서 시간, 체력, 비용을 들여 길거리 개와 고양이에게 밥을 주고 살펴주는 도그맘과 캣맘들은 아주 특별한 분들이다. 난 그들의 일을 '고난의 행군'이라고 표현한다. 누구나 동물을 좋아하는 건 아니기에 주변과의 마찰과 갈등도 감수해야 한다. 때로는 위험을 무릅쓰고서라도, 비가 오나 눈이 오나 길거리의 동물들을 찾아 나서는 그들의 노고는 대단하다. 무엇이든 약자들을 위해 행동하는 이들이야말로 진정 복행하는 사람들이다.

꼭 밥을 주는 일이 아니더라도 마음만 낸다면 한 개인이 복행할 수 있는 일은 주변 곳곳에 널려 있다. 차량이 있다면 이동봉사를 할 수도 있고, 여행을 떠날 때 해외 입양을 가는 개들의 수속을 도울 수도 있다. 그리고 조건 없이 자신을 내어 주는 봉사는 이 세상 어디서도 맛볼 수 없는 순도 100퍼센트의 충만을 느끼게 해 주며, 반드시 복으로 나에게 돌아온다. 이것의 우주의 법칙이자 자연의 이치가 아닐까 한다.

입양은 천생연분의 축복

최근에 유기견 보호소에서 드디어 새 가족을 만난 개가 직원에게 안겨 눈물을 흘리는 모습을 보았다. 연간 10만이 넘는 개가 유기되고, 그중 대부분의 여린 생명이 보호소에서 열흘 만에 생을 마감하는 현실에서 입양은 긴 기다림 끝에 만나는 축복과 같다.

임시보호 중인 아이를 새 가족에게 보낼 때면 중매를 서는 기분이 든다. 평생을 함께할 가족을 기다리며 개의 성향을 파악하고, 이를 바탕으로 가장 잘 맞는 가정을 찾아 주는 과정에는 설렘과 책임감이 함께하기 때문이다. 사람이 다 다르듯 개도 마찬가지이므로 유기될 가능성을 최소화하기 위해 그 과정에 엄청난 공을 들인다.

내가 본 성공적인 입양들은 대체로 다음과 같은 과정을 거친다. 먼저 보호소 봉사를 통해 여러 개를 만나며 성향을 파악하고 유대를 쌓는다. 그중에서 교감이 되는 개를 관찰하다가, 임시보호를 하며 서로 탐색하고 적응하는 기간을 가지는 것이 좋다. 처음 집으로 데려왔을 때는 새 장소에 적응하고 자기만의 편한 자리에서 안정을 취하도록 내버려 두자. 하루이틀은 먹거나 눕지 않고 숨어만 있는 개들이 다반사다. 점차 눈을 맞추고 냄새를 각인시켜 주며 여기가 '내 집이자 네 집'이라는 것을 인식시키면 긴장을 풀 것이다. 그리고 함께 시간을 보내며 마음이 맞는 것을 확인했다면, 마지막으로는 함께 사는 사람들의 동의를 얻어 최종 입양을 진행한다. 이렇게 단계적으로 접근하면 파양 가능성이 크게 줄어 서로 상처 주지 않고 안정된 시작을 할 수 있다.

아롱이와 다롱이 가족은 이러한 모델을 따른 대표적인 사례다. 김포 보호소에 30여 년의 살림 솜씨로 창고를 멋지게 정리해 주시던 봉사자 한 분이 있었다. 마침 마당 있는 집으로 이사하면서 개를 입양하기로 했는데, 남편의 반대가 심해 가족 전체가 합의점을 찾지 못한 상태였다. 그리하여 우선 임시보호로 시작해 상황을 지켜보기로 하고는, 서울의 한 보호소 구석에서 고개를 떨구고 눈을 마주치지 못하던 작은 강아지 '아롱이'를 데려왔다.

안 그래도 소심했던 아롱이는 처음 사흘간 밥도 먹지 않고 구석에 숨어 있었다. 그래도 가족들이 돌아가며 손을 내밀고 쓰다듬자 점차 구석에서 나와 있는 시간이 길어졌고, 더욱 적극적으로 시간을 할애하자 마당에서 첫 산책도 하게 되었다. 철창 안에서만 지내서 맘껏 걷고 뛰는 것도 처음이었던 아롱이는 그렇게 새 가족과 환경에 천천히 적응해 갔다.

개를 싫어한다던 남편도 아롱이의 애교에는 사르르 녹았다. 직접적인 표현은 안 했지만 아들만 둘인 집에 딸이 생겼다고 좋아하는 눈치였다고 한다. 한 달 후부터는 밥상에서도 휴대폰을 놓지 않던 아들들이 아롱이와 놀아 주는 데 더 몰두했고, 두 달이 지나자 가족들의 귀가 시간이 전보다 빨라지는 변화까지 생겼다.

임시보호를 통해 성공적인 탐색과 적응 기간을 보낸 후, 결국 아롱이는 그 가족의 일원으로 정식 입양되었다. 심지어 아롱이를 처음 만난 곳에서 입양 신청서를 쓰는데, 아롱이 옆에 있던 아이가 아직 그대로 있는 것이 마음에 걸려 그 개까지 함께 입양했다.(그 개는 '다롱이'가 되었다.) 그렇게 아롱이와 다롱이를 입양한 후 아들들은 하던 운동까지 그만두고 개들과 산책하는 데 여념이 없었다 한다. 최선을 다해 서로를 알아 가며 가족으로 받아들이는 과정을 거쳤기에, 아롱이와 다롱이라는 새 가족과 더불어 가족 간의 유대감이라는 복이 되돌아온 것이다.

입양은 사람과 개 모두에게 인생의 대사건이다. 트라우마가 심한 개들일지라도 안정된 가족의 일원이 되면 마음의 문을 여는 일이 비일비재하다. 트라우마가 사랑과 인내 속에서 희석되어 자연스러운 변화가 생기는 것이다. 거기에 더해 개 입양은 불면과 우울, 외상 후 스트레스 장애(PTSD)에 시달리는 사람들에게도 축복처럼 치유의 효과를 가져다준다.

나는 불면증에 시달리는 봉사자들에게 개와 몸을 맞대고 함께 잠들어 보라고 권유한다. 연구에 따르면 반려동물과의 접촉은 '사랑의 호르몬'인 옥시토신 분비를 촉진해 심리적 안정에 도움을 준다고 한다. 스위스 바젤대 심리학자 라헬 마티 박사 연구팀에서도 반려동물과 접촉할 경우 인간의 정서적 치유에 큰 역할을 하는 전두엽 피질의 활성화가 뚜렷해진다는 연구 결과를 발표한 바 있다.[4]

개와 함께 살면 산책 시간이 현저히 늘어나는 것도 몸과 마음의 건강의 큰 도움이 된다. 강제로라도 볕을 쬐고 자연의 변화를 만끽하게 되니 우울감을 떨치게 되며, 운동이 자연스러운 일상으로 자리 잡는다. 또한 편안하고 좋은 사람들과 가볍게 이야기할 기회도 자연스럽게 생긴다. 나의 경우만 해도, 개와 산책하다 말을 걸어 오는 행인들이나 개를 키우는 이웃과 인사를 나누며 낯선 사람들과 금세 이웃사촌이 되었다.

돌봄을 위해 조금 더 부지런해져야만 하는 것도 건강한 삶에 한몫한다. 청소와 세탁 횟수가 한 몸 건사할 때보다는 늘기 때문에 잡생각을 할 틈이 없다. 개의 상태를 살피다 보면 그와 함께 있는 나 자신의 상태도 더 주의 깊게 살피게 된다. 내가 아프면 개들을 잘 살피기 어려우므로 여느 때보다도 나의 몸을 잘 지키게 되기도 한다. 지출이 늘어나기 때문에 과하지 않은 삶의 방식도 자연스럽게 취하게 된다. 책 구매에 많은 돈을 쓰던 나는 동네 도서관을 자주 이용하며 전보다 다양한 분야의 책을 읽게 되기도 했다.

무엇보다 중요한 것은 그저 동행하여 '같이 있음' 자체를 즐기는 일이다. 정감이 가는 지인의 댁에 가 보면 개와 주인의 얼굴이 닮아 있다는 것을 종종 발견하게 된다. 그들의 정서와 감정이 서로에게 자연스럽게 전이되기 때문일 테다. 좋은 점만 부각하는 게 아닌가 싶지만, 실제로 대부분의 입양은 긍정적인 측면이 훨씬 많다. 전혀 알지 못하고 닮은 구석이라곤 없는 사람과 개가 만나 가족을 이루는 것은 천생연분의 축복이라 해도 과언이 아니다.

사람이 빵만으로 살 수 없듯이

입양이 아무나 할 수 있는 일은 아니다. 갓난아기에게 엄마가 이 세상 전부이듯 개에겐 함께 지내는 사람이 세상의 유일한 의지처이자 사랑을 주고픈 단 하나뿐인 대상이다. 오로지 나 하나만 믿고 바라보는 존재가 옆에 있다는 사실은 무거운 책임감을 수반한다.

흔히 개를 '키운다'고 생각하지만, 아니다. 개는 알아서 큰다. 개가 자라 가는 데 있어 사람의 역할은 보조적이다. 한 식구를 집에 들이는 일이므로 개를 내 입맛대로 바꿀 수 있다는 생각부터 버려야 한다. 또한 '넌 내 것'이라는 태도는 개를 통제하고 복종만 강요하는 함정에 빠뜨릴 수 있다. 입양은 개를 한 인격체로 보는 것에서 시작하며, 이를 통해 개의 성격을 파악하고 있는 그대로 인정할 수 있게 된다.

개를 존중하는 마음이 없는 사람들은 개가 자기 뜻대로 행동하지 않으면 쉽게 포기해 버린다. 실제 파양 사례가 많아지고 있으며 이유도 가지각색이다. 최근에는 한 부부가 이사 가는 집에 반려견을 데려갈 수 없다며 입양 보낼 곳을 소개해 달라고 요청해 왔다. 그러나 여덟 살가량의 개를 선뜻 데려갈 사람은 찾기 어렵다. 얼마 지나지 않아 그 동네에 개 한마리가 떠돌아다닌다는 전단이 붙었다. 결국 버리고 간 것이다.

개의 배변 빈도가 잦고 치우기 힘들다는 이유로 일주일 만에 파양하는 경우도 봤다. 하물며 물건 하나를 사더라도 요목조목 따져 보고 자신과 잘 맞을지 고민하는데, 생명이라면 더욱 신중하게 점검해 봐야 하지 않을까. 인생의 우선순위를 작성해 개를 키울 때 그런 것들을 희생할 각오가 되어 있는지, 외로움에 취해 충동적으로 결정한 것은 아닌지 여러 번 살펴봐야 한다.

개와 함께할 때 무엇보다 중요한 것은 정신적 안락함이다. 본질적으로 '사랑 덩어리'인 개의 넘치는 사랑을 온전히 받으려면 먼저 나부터 안정된 모습을 보여야 한다. 많은 이들이 고가의 사료나 간식, 비싼 동물병원 비용을 제공할 수 있는 재정적 능력만을 중요시하지만, 그보다 우선인 것은 개의 정서적 안정을 보장하는 일이다.

가족이 정서적으로 불안하면 그 감정은 고스란히 개에게 전해진다. 개는 사람의 감정 상태를 놀라울 정도로 정확하게 읽어내는 데다가 영향도 깊이 받아서 불안감을 느끼게 된다. 벽지나 장판을 물어뜯는 행동은 바로 이런 개들이 쌓인 스트레스를 표출하는 방식이다. 문제견이라 불리는 개들도 보통 그 가족에 원인이 있다.

개의 정서 불안 때문에 전문가가 앞장서 파양을 권했던 사례가 있다. 한 젊은 부부가 키우던 개가 밥도 잘 먹지 않고 숨기만 한다며 훈련사를 불렀다. 주인들이 밥과 장난감도 좋은 것만 사 주는 등 겉보기에는 분명 호강하는 개였다.

개의 이상 행동 때문에 초대받은 훈련사는 몇 시간의 대화 끝에 문제의 원인을 파악할 수 있었다. 이 부부는 아이에게조차 시간을 내지 못할 정도로 바빠 아이를 위해 개를 입양했다. 그러나 부모와 정서적 유대감이 부족하고 자기보다 약한 생명을 어떻게 대해야 하는지 전혀 알지 못했던 아이는 개를 장난감처럼 거칠게 다뤘다. 부부 또한 개에게 애정을 쏟을 시간이 없었으니, 입양 후 반 년이 넘었어도 개에겐 그들이 여전히 두렵고 낯선 사람이었다.

훈련사의 방문 진단 앞에서도 부부는 서로 다른 의견을 내세우며 대립했다. 누구 하나 자기희생을 기꺼이 감수하려는 마음은 없어 보였다. 결국 훈련사는 이 집에서 불행한 생명을 구조하기 위해 개를 자신에게 양도할 것을 권유해서 승낙을 받아 냈다. 파양 이후 개는 봉사자들의 사랑을 듬뿍 받아 표정부터 밝게 변화하고 이상 행동도 사라졌다고 한다.

이것이 개의 정서적인 부분까지 케어하는 정신적 돌봄(Spiritual Care)이 중요한 이유다. 사람이 빵만으로 살 수 없듯이 개도 단순히 배고픔을 해결해 주고 최고의 용품을 제공한다고 해서 행복해지는 것은 아니다. 개는 사료 한 그릇보다 주인의 사랑한다는 말을 더 원한다. 문제견이라 불리는 개들을 살펴보면 결국 그 원인은 애정결핍에 있다.

자칭 애견인이라 하는 사람들 중에도 자기중심적으로 개를 대하는 경우가 많다. 충분한 유대감과 소통 없이 일방적으로 위로만 받고자 한다면 장난감을 하나 가진 것과 무엇이 다를까? 결국 입양 과정과 점검에서 가장 중요한 것은 개에게 정신적인 안정감을 주는 일이다. 나부터 행복해지면 그 감정은 개에게 전해져 개의 표정과 행동에 그대로 드러난다. 결국 개의 행복은 전적으로 사람 하기 나름이다.

바쁜 부부의 사례에서 볼 수 있듯 입양을 고려할 때는 시간 투자에 대해서도 꼭 생각해 두어야 한다. 개에게 건강상 이상만 없다면 하루 한 번 이상의 산책과 충분한 놀이 시간이 필요하다. 특히 산책은 개에게 단순한 운동이 아니라 본능적인 후각 활동을 활성화해 주는 필수적인 시간이다. 본인 욕구에는 충실해 운동과 오락에 열심이면서, 정작 개와 산책 한 번을 안 나가는 사람은 자격이 없다.

입양은 때로는 삶의 어려운 결정을 필요로 한다. 이웃사촌이자 봉사자였던 한 친구에게는 반려견과 애인이 있었다. 애인도 강아지를 좋아하는지 선뜻 응해 주어 함께 보호소 봉사도 다녔다 한다. 그런데 한동안 소식이 뜸하던 그 친구가 몇 달 만에 나타나서는 이별 소식을 알렸다. 결혼 이야기가 오가던 시점에 애인이 "결혼하면 강아지는 어떻게 할 거야?"라고 물었다는 것이 이별의 이유였다. 그간 봉사를 함께 다녔던 것 또한 관계 유지를 위한 임시방편이었던 셈이다. 이 말에 그 친구는 "난 너보다 개가 더 소중해."라며 단칼에 이별을 선언했단다. 남에게 휘둘리지 않고 본인의 책임을 마주하는 그 친구가 정의의 사도처럼 보였다. 개와 함께하는 것을 결정할 때 이 정도의 결단력이 없다면 아마 서로에게 상처만 주는 결론만 날 것이다.

지금껏 언급한 기본적인 태도가 갖추어진다면 다른 부분은 상황에 따라 조절할 수 있다. 모든 게 완벽하게 준비된 상태로 개를 맞이하는 사람은 거의 없다. 집이 좁아서 입양하기 애매한 상황이라면 큰 물건 하나를 치우고 그 공간을 활용하면 된다. 강아지 산책할 시간이 부족하다면 본인 수면 시간을 한 시간만 줄여 보라고 조언한다. 보살필 식구가 하나 더 생기니 조금은 부지런해져야 한다는 각오를 장착하면 된다.

무엇보다도 입양자는 개의 나이에 따라 평균 10~15년의 세월을 같이하며 한 생명을 끝까지 책임질 수 있을지 깊이 고민해 보면 좋겠다. 갈수록 수명이 늘어 20년은 각오해야 한다. 사람과 마찬가지로 개도 늙어 감에 따라 더 많은 손길을 필요로 한다. 그러나 이런 수고로움에도, 개와 함께한 시간은 인생 전반에 걸쳐 정서적 풍요로움을 선사한다. 또한 무조건적인 사랑을 주고받는 경험은 돈으로 살 수 없는 인생의 한 페이지가 된다.

해외 입양 1세대

최근에는 인식이 많이 바뀌어 보호소 입양률이 증가했지만, 내가 활동을 시작한 2010년대 초반만 해도 국내 입양 환경은 열악했다. 특히 중·대형견이나 '식용견'으로 분류되었던 개들은 선입견과 주거 환경의 제약으로 입양처를 찾기가 더 힘들었다. 그래서 보호소에는 항상 100마리가 넘는 개들이 하염없이 가족을 기다리고 있었다. 그 아이들을 보고 있는 것만으로 가슴이 미어졌다. 이때 해외 입양으로 눈길을 돌리면서 조금씩 문제가 해결되었다.

2013년 여름부터 나는 구포 개시장 폐쇄 활동에 착수했다. 성남 모란시장의 규모가 가장 컸지만 시작 단계이므로 조금 더 작은 구포를 우선 공략 대상으로 삼은 것이었다. 영국 동물보호단체인 애니멀스 아시아(Animals Asia)를 비롯한 국제단체들이 지원해 주어 함께 시장 실권자들과 미팅을 이어 갔다. 보상 문제로 협상이 진행되었지만 쉽진 않았다. 그 어느 단체에도 상인들이 요구하는 큰 돈이 없었다. 결국 협상을 이뤄 내지 못해 전면 폐쇄는 중단되었지만, 당시에도 부산과 김해, 양산 지역의 몇몇 개농장을 폐쇄하면서 수많은 개들을 구조하게 되었다.

문제는 이들을 수용할 공간이 턱없이 부족하다는 것이었다. 당시에는 위탁 보호소라는 개념이 생소했고 공간도 제한적이었다. 내가 구포 작업 때문에 잠시 살던 곳은 자갈치시장 근처의 10평짜리 원룸 오피스텔이라 개들을 수용하기 어려웠고, 그마저도 이미 도사견 서너 마리가 함께 살고 있었다.

절박한 상황에서 유학 시절 룸메이트였던 미국 친구들에 긴급 도움을 요청했다. 놀랍게도 연락한 친구 여덟 명 전원이 흔쾌히 입양을 약속했다. 용기를 얻은 나는 페이스북 계정을 개설해 영어로 입양 공고를 올리기 시작했다. 이 활동을 시작하고 매달 30~40마리에게 새 가족을 찾아 주면서 나는 '해외 입양 1세대'라고 불리기도 했다.

2013년 여름부터 2018년까지는 달마다 수십 마리를 우선 미국 친구들에게 보냈다. 처음에는 공항 화물 터미널을 이용해 화물 운송 방식으로만 보냈지만, 점차 이동 봉사를 신청하는 탑승객이 늘어나면서 출국 경비도 절감되어 갔다. 하루에 두 번 아이들을 보낼 때도 많아서 시간은 늘 빠듯했다. 새벽부터 준비해 아침 비행기를 태워 보냈고, 하루 일과를 마치고 다시 공항으로 가 저녁 비행기로 떠나는 아이들을 배웅했다.

알래스카부터 플로리다까지 개들이 가지 않은 곳이 없을 것 같다. 구조한 아이들을 다시 보기 힘든 곳으로 보내는 건 예상보

2019년까지는 해외에 입양되는 개들을 화물칸에 실어 보냈다. 이동 봉사자들이 위탁수하물로 데리고 가는 것보다 훨씬 비싸지만, 수속은 비교적 간단하다.

탑승 전에 항공사 카운터에서 동물 체크인도 같이 해 주는 천사 봉사자들. 덕분에 화물 운송 방식보다 낮은 비용으로 아이들을 무사히 보낼 수 있었다.

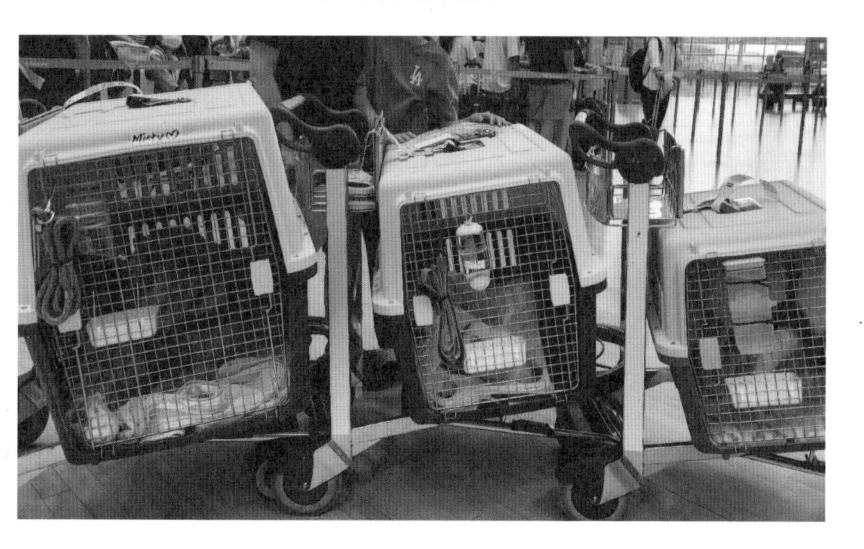

다 더 어려운 일이었다. 공항을 벗어나 나의 집이자 보호소로 돌아오면 못해 준 기억만 떠올라 후회하기 바빴다. 타국에 아이들을 보내도 괜찮은지 오롯이 내가 판단해야 했기에 혼란스러운 마음도 있었다. 매번 작별 시간에 내가 개들 이름을 부르며 우는 모습을 지켜보셨던 화물 터미널 소장님은 "우는 시간은 딱 5분밖에 못 드려요."라고 말하곤 했다.

나의 혼란이나 어려움과는 별개로 미국과 캐나다 중심의 해외 입양은 엄청난 호응을 받았다. 기피하는 견종이 따로 없었고, 한 마리를 입양한 가정에서 다섯 마리를 더 입양하는 경우도 많았다. 입양자들이 이웃, 직장 동료, 친척들에게 홍보도 해 주어 미국 서부와 동부에 진도믹스 품종이 널리 알려지게 되었다.

그러던 중에 뜻밖의 기회가 찾아왔다. 내가 구조해 미국으로 입양을 보냈던 윌로우가 '아메리칸 휴메인의 영웅견 선발전(American Humane Dog Awards)'에서 '떠오르는 영웅' 부문 수상견이 되었기 때문이다. 윌로우는 2016년, 300마리 규모의 개농장에서 구조된 푸들이다. 고기가 적게 나온다는 이유로 도축되지 않고 있었는데, 그 덕분에 농장주의 애완견으로 지내다가 무사히 구조될 수 있었다. 미국 입양자가 윌로우를 데리고 '한국 개 알리기' 캠페인에 적극적으로 참여해 한국의 개식용에 대해 알린 공로를 인정받아 상까지 받게 되었다.

보내기 전에는 터미널 앞에서 마지막으로 산책을 시켰다.
내내 울음이 그치지 않았다.

해외 입양을 간 개들은 도그파크에서 함께 만나 시간을 보내기도 했다는 소식도 종종 들었다. 나는 입양을 가는 개들의 켄넬 위에 작은 선물로 새 조끼를 붙여 보냈는데, 한동안 캘리포니아의 도그파크에서는 이 조끼를 입은 개들이 보이면 "세이브코리언독스?"라고 묻고 서로 인사를 나누었다고도 한다.

선물로 보낸 조끼에는 '개고기가 될 뻔하다 생존했어요.'라고 적혀 있다.

조끼를 입고 해외 도그파크에서 뛰어노는 개들

바다 건너에서 찾은 가족

10년간의 해외 입양을 통해 3,000여 마리가 새 가족을 만났고, 단 한 번을 제외하고는 전부 평생 가족을 만났다. 새 인연을 시작하는 것만으로 큰 일을 치른 것이지만, 12~14시간을 날아가 낯선 땅, 낯선 냄새에 둘러싸여 살아가는 것은 더 힘든 일이기 때문에 사후관리가 중요하다. 새 가족들과 집에 안정적으로 정착하고 행복하게 살 수 있으려면 지속적인 관심을 기울일 필요가 있다.

뒤탈을 사전에 예방하기 위해서라도 입양 가정을 심사하고 검토하는 일은 신중하게 진행되어야 한다.(물론 국내 입양도 마찬가지다.) 처음에는 입양을 지인 위주로만 진행했지만, 규모가 커지면서 조금 더 엄격한 기준을 세우게 되었다. 우리 홈페이지에서 입양 신청서를 작성하고, 통과하면 가족들과 화상 면접을 통해 경험과 책임감 등을 수차례 확인받는다. 여기까지 마친 후에는 신청자와 가까운 지역에 사는 기존 입양자들에게 비용을 지불하고 가정 방문을 부탁했다.

해외 입양 후 적응 과정에서는 다양한 문제가 발생한다. 완전히 새로운 환경 때문에 적응에 시간이 더욱 오래 걸릴 수 있는데,

이때 파양을 당하면 문제는 더욱 심각해진다.(언어는 개들에게 별문제가 되지 않는다.) 타지에 있어 내가 직접적으로 돕기 힘들기 때문이다. 해외에서 파양을 당한 릴리의 경우는 그나마 다행이었다. 입양을 했던 부부가 이혼하게 되면서 키울 수 없게 되자 나에게 연락해 주어 위탁소로 옮긴 다음 새 가족을 맞이할 수 있었다.

미국 캐나다에는 장애견 입양도 잘 되는 편인데, 지속적인 돌봄이 필요한 아이들이기 때문에 관심의 끈을 놓지 않는 것이 중요하다. 입양 신청자에게 어떤 재정적 어려움이 생길 수도 있고, 그럴 때 상황을 인지하고 있는 편이 개에게나 보호소에나 좋기 때문이다.

슬개골 탈구로 두 번이나 수술했던 후디와 라센 형제는 회복을 기다리던 중 한 집에 입양이 확정되었다. 그런데 입양이 예정된 가족에게 큰 재정적 위기가 찾아왔다. 입양이 불발될 가능성까지 있었지만, 그들은 공동모금 플랫폼에서 후원을 열어 문제를 해결하겠다고 약속했다. 공항 이동, 아이들 사료, 수술로 인한 차후 발병의 가능성까지 대비할 만큼의 후원금이 모여 예정대로 입양을 진행했으며, 지금은 생활에 여유를 되찾고 매달 후디 라센 형제의 사진을 보내 준다. 돌발 상황에서 입양 가족의 책임감이 얼마나 중요한지 보여 주는 대표적인 사례다. 그래서 나는 입양을 보낼 때 이 부분을 여러 번 점검한다.

미국 입양집에서
후디와 라센

개가 자라는 환경과 입양자의 상태는 추후에도 확인해 봐야 한다. 미국의 일부 주에서는 마약이 합법화되어 있는데, 마약이나 알코올 중독 문제가 있는 사람들은 약이나 술에 취해 있을 때 오랫동안 개를 방치하는 경우가 있다. 특히 도움을 줄 수 있는 다른 사람과 살지 않는 경우 문제가 심각해질 가능성이 크다.

입양자들의 커뮤니티는 사후관리의 큰 축이 된다. 페이스북 그룹 페이지(facebook.com/groups/263016840787841)를 통해 입양자들이 서로 경험과 조언을 나누며 든든한 지원 시스템을 형성할 수 있었다. 첫 두 달은 필수적으로 소식을 업데이트하도록 했고, 이후에도 많은 입양자들이 자발적으로 근황을 공유했다. 내가 일선에서 물러난 지금도 입양처에서 간간이 소식이 올라온다.

좋은 입양자는 신청서 작성 단계부터 티가 난다. 우리 보호소의 신청서 첫 칸에는 입양을 원하는 개 이름을 적게 되어 있다. 한번은 이름 대신 '가장 고통받은 개(The most suffered)'라고 적힌 신청서를 받았다. 신청인은 미시건주에 사는 석유회사 엔지니어 더글라스로, 2016년부터 매년 가장 참혹한 환경에서 구조된 아이들을 주시하다가 입양자가 나타나지 않으면 본인이 입양해 데려갔다.

더글라스 집에는 내가 구조했던 개 네 마리가 한 가족으로 살고 있다. 트라우마가 심한 개들이었는데, 더글라스는 매번 휴

더글라스가 입양한 개들은 트라우마 때문에 아직도 사람을 무서워한다. 첫 번째 사진은 그중 트라우마가 가장 심했던 타이거를 막 구조했을 때의 모습이다.

가를 내고 직접 시카고 공항까지 나와 개들을 조심스레 데리고 갔다. 그리고 자기만의 방식으로 첫 달은 개들에게 충분한 시간과 자유로운 공간을 주며 천천히 마음을 열도록 도왔다.

더글라스는 내가 보호소를 정리하고 법인을 해산한 2023년 11월에도 개농장 주인에게 수간을 당했던 나린이의 입양에 큰 도움을 줬다. 나린이는 생식기를 들어내야 할 만큼 참혹한 상태라, 급한 수술을 마치고 회복도 했지만 국내에서는 좀처럼 입양 희망자가 나타나지 않았다. 내가 구조한 개는 아니었으나 그간 당했던 고통에 인간으로서 용서를 비는 마음으로 꼭 가족을 찾아 주고 싶었다. 구조 배경을 설명해 주자 더글라스가 적극적으로 입양처를 물색했고, 운 좋게 더글라스의 옆집에 이사 온 신혼부부에게 나린이를 보내줄 수 있었다.

알래스카 앵커리지에 살며 3년간 60여 마리의 개가 입양되도록 도와준 쉐, 오산 공군 기지 봉사의 인연으로 100여 마리가 입양되도록 도와준 미군 장교들 등 평생 잊지 못할 보람찬 기억이 많다. 그럼에도, 해외 입양의 성공은 단순히 많은 수의 개를 보내는 것이 아니라, 각 개체가 새 환경에서 진정한 가족이 되어 행복하게 살아갈 수 있도록 하는 책임감에 있다. 개들에게 장시간 비행이 쉬운 일은 아니기 때문에, 하루빨리 한국에서도 품종을 가리지 않는 입양 문화가 더욱 당연해졌으면 하는 바람이다.

공군 장교들의 산책 봉사

입양된 개들은 공군 기지 안의
놀이터에서 마음껏 뛰어논다.

펫로스와 휴먼로스

어릴 적부터 몇 마리의 반려견을 먼저 보낸 사람만이 아는 이별의 아픔이 있다. 나 또한 다시는 안 키운다고 몇 번이고 다짐했다. 그러다가도 언제나 무너지는 것은, 도움이 필요한 아이들이 그만큼 많기 때문이기도 하지만, 함께했던 웃음과 고통의 추억이 나를 다시 이끌기 때문이다.

가끔 이런 생각을 해 본다. 소중한 얼굴들이 어쩌면 다른 모습으로 다시 태어나 나에게 왔는지도 모른다고. 그 인연이 지속적으로 이어져 오고 있다고. 불교의 육도윤회에 절대적인 믿음이 있는 것은 아니지만, 개들은 그 순한 마음으로 볼 때 가장 윗단계인 '천신'의 영역에 가까운 존재라고 느낀다.

늘 아쉽고 궁금했다. 왜 개의 수명은 20년도 채 되질 않는 것일까? 오랜 관찰과 경험을 통해 내린 결론은 그들의 '빠른 호흡'과 '빠른 성장'에 있다. 20년간 호흡 명상을 하며 개의 호흡을 주시한 결과, 개는 사람보다 5~7배 정도 호흡이 빠르다. 사람은 1분에 12~20회 호흡하는 데 비해, 개는 훨씬 더 자주 숨을 쉰다. 성장 속도도 놀랍다. 사람은 걸어다니기까지 1년 정도 걸리지만, 개는 3~4주면 걷기 시작한다. 발육이 빠른 만큼 노화의 속도도 사람의 4~6배에 이른다. 수의학적으로도 성장 속도가 빠른 대형견이 소형견보다 노화가 가속된다고 알려져 있다.

미국에서 레인저를 진료해 주던 수의사 제임스에게, 만약 레인저에게 심장병이 생기면 장기이식을 할 수 있냐고 물은 적이 있다. 거기에 그는 명답을 해 주었다. "유한한 시간이 소중하니까 조물주가 개의 수명을 단축시켰겠지. 만약 개가 거북이처럼 100년을 산다면 주인이 몇 번이고 바뀌어야 할 텐데?"

오로지 한 주인만을 섬기는 개의 특성상 그들의 짧은 수명에도 의미가 있는 것인지도 모른다. 실제로 장수견들을 살펴보면 주인과의 정서적 유대가 매우 깊었다는 공통점이 있다. 그러니 개가 반려견으로 우리와 함께하는 시간이 짧은 만큼 소중하고, 또 소중한 만큼 정성을 쏟으라는 점에서 개의 수명이 짧은 것인지도 모르겠다.

이런 이해와는 별개로 난 누구보다도 펫로스를 경험한 사람들의 마음을 잘 알고 존중한다. 우리 보호소에 봉사 오던 분 중에 16년간 함께 살던 반려견을 보내고 그 아픔 때문에 다시는 개를 입양할 수 없다는 분이 계셨다. 그 마음을 충분히 공감하고도 남는다. 개의 수명은 짧은데 아픔은 오래가므로, 펫로스를 경험한 사람들은 깊은 상실감에 시달린다. 2년이 지나도 사회생활을 할 수 없을 정도로 우울증에 시달려 직장을 그만둔 분, 떠나보낸 지 1년이 지나도 매일 아침 빈 밥그릇에 먹이를 주고 있다던 분도 주위에 계셨다.

그런 사람들에게 나는 어떤 일화를 전해 주곤 한다. 미국서 있었던 일이다. 쉐인이라는 아이의 사랑하는 반려견이 죽음의 문턱을 넘게 되었다. 옆에 있던 수의사가 쉐인을 위로하자, 쉐인은 이렇게 답했다. “사람은 어떻게 하면 착하게 살 수 있는지 배우려 태어나는 거예요. 어떻게 다른 사람들을 사랑하고 친절하게 대할 수 있는지 배우려고요. 그런데 개들은 원래 다 알고 있어요. 그래서 오래 있을 필요가 없는 거예요.” 개가 일찍 죽는 이유를 ‘이 세상에서 더 이상 배울 게 없어서’라고 표현하다니, 정확하다. 그래서 나는 개들을 보낼 때마다 이 이야기를 떠올린다.

생로병사는 자연의 이치지만, 그 어느 존재보다 소중했던 반려견을 잃고 느끼는 상실감은 지극히 정상이다. 그러나 이 슬픔이 지나치게 오래가면 두 영혼 모두에게 상처가 된다. 따뜻한 손길로 충분히 어루만져 주기도 전에 급작스레 떠난 아이들 때문에 형용할 수 없이 슬퍼하던 어느 날 문득 생각이 들었다. 내가 울고만 있다면 떠나간 개가 좋아할까? 그래서 영혼의 끈을 만들어 보기로 했다. 이것이 바로 ‘교감’이다. 눈에 안 보인다고 없는 게 아니니, 떠나간 아이와의 기쁜 추억을 떠올리며 말을 건넨다.

무지개다리를 건너간 영혼에게도 가장 좋은 선물은 웃으며 지난 행복한 일만 떠올려 마음을 나누는 것이다. "너랑 산책했던 바닷가의 노을이 오늘은 오렌지 빛깔이었어." 그리고 고통스럽더라도 슬픈 감정을 잠시 거두고 영혼에게 감사의 기도를 전해 보자. "나에게 와줘서 참 고마웠다." "우리 꼭 또 만나자." "무지개다리에서 만나자, 내가 찾아갈게." 어떤 형태든 긍정적인 에너지를 보내는 것이 중요하다. 그러다 보면 찢어지는 슬픔이 점차 덜어진다.

나의 경우, 기쁨이를 보내고 나서 무지개 너머의 기쁨이가 지상의 다른 자기 친구들을 살려 달라는 메시지를 전해 주는 듯했다. 고통받고 있는 다른 한 마리를 살린다면 하늘에 무지개가 떠서 축복할 것 같았다. 기쁨이를 보내고 2주쯤 지나자 먼저 간 아이들과 저 너머에서 함께 나를 기다리는 꿈을 꾸기도 했다.

이런 장황한 설명을 하는 것은 펫로스에 가장 좋은 치유법이 재입양이라고 생각하기 때문이다. 다른 한 아이를 입양한다면 먼저 간 아이도 무지개 너머에서 손을 흔들어 줄 것이다. 오스트리아의 저명한 동물학자 콘라트 로렌츠(Konrad Lorenz)도 반려견이 죽은 후 다른 강아지를 입양하면 그의 죽음으로 우리의 삶에 생긴 공허함이 점차 채워질 것이라고 설파한 바 있다.[5] 한 가지 주의할 점은 절대로 앞서 보낸 개와 새로 온 개를 비교하지 않는 것이다. 유기견 보호소에서 가족을 기다리는 개를 입양하는 것은 단순히 빈자리를 채우는 행위가 아니다. 그 많은 숫자 중에 하나뿐인 가족을 만나는 기적이자 새로운 인연의 시작이다.

우리는 인간 입장에서 펫로스만 말하지만 개의 입장에서도 이에 못지않은 상실감이 있다. 난 이것을 휴먼로스(Human Loss)라고 부른다. 개들은 남다른 충성심과 가득 찬 사랑을 가지고 태어났기 때문에 주인을 잃었을 때 세상이 무너지는 기분을 느낀다.

봉천동 할머니와 반려견 황구 이야기는 휴먼로스의 전형이다. 폐지를 주우며 노견 황구와 함께 살던 할머니는, 고물상에서 돈만 받으면 자기는 굶어도 황구에겐 늘 좋은 것만 먹였다. 할머니와 황구의 베푸는 마음씨는 똑 닮아 있어서, 황구는 동네 사람들이 고기 한 점 주면 그 고기를 물고 폐가에 모여 사는 개와 고양이들에게 가져다주었단다.

하루는 황구가 구슬피 울어 이웃들이 집에 들어가 보니 할머니가 돌아가신 상태였다. 무연고 장례를 치르고 황구는 위층 이웃이 거두었는데, 장례식 이후부터 황구는 식음을 전폐했다. 그리고 며칠 뒤에 어디선가 할머니가 평소 즐겨 입었던 낡은 스웨터를 끌고 와 그 위에서 조용히 할머니를 따라갔다.

나이가 들면서 자꾸 나의 남은 시간을 가늠해 보는 이유가 여기에 있다. 요즘은 어린 강아지들을 입양하기보다는 나이 든 개들을 돌보며 마지막을 함께해 주고 있다. 내가 먼저 떠나면 남겨진 개의 아픔을 책임져 줄 수가 없기 때문이다.

하지만 휴먼로스도 주변에서 돕는다면 어느 정도 극복할 수 있다. 언젠가 성당 장례식장에서 로이라는 열 살배기 개를 만났다. 그때 로이는 고인이 된 주인의 관 앞에 누워 눈을 감고 꼼짝도 안 하고 있었다. 마치 세상 다 살았다는 듯이 체념한 모습이었다. 수녀원에서 로이를 거두었지만 장례식 이후 밥도 잘 먹지 않고 삶의 의욕이 바닥나 있었다. 결국 수녀님은 로이가 주인과 같이 살던 집에 로이를 데려가 집을 둘러보고 충분히 추억을 담을 시간을 만들어 주었다고 한다. 이후 로이는 다행히 회복했고, 수녀원에서 사랑받다 2년 후 수녀원 묘지에 묻혔다.

위의 사례처럼 휴먼로스를 겪는 개에게 사람과의 행복했던 시간을 정리할 시간을 주는 것도 중요하다. 사람과 마찬가지로 나름의 애도를 할 수 있게 돕는다면 개들이 다른 가족을 받아들이는 데에 한층 수월할 것이다. 반려동물을 키우는 인구가 늘고 있는 추세이니 앞으로는 펫로스뿐 아니라 휴먼로스의 케어에 대한 관심이 필요하다.

나눌수록 커지는 기쁨

내가 봉사를 통해 받은 최고의 선물은 개들의 심리적인 변화를 느끼는 것이었다. 트라우마가 조금씩 사라지고 어두웠던 얼굴이 점차 환해지는 것을 보면, 잠깐이나마 내가 저 아이에게 기쁨을 주었다는 뿌듯함이 밀려온다. 그런데 그 만족감은 이 세상에서 잠깐 스치는 짧은 기쁨과는 질적으로 다르다. 어느 것에도 견줄 만한 것이 없는 이것을 나는 '텅 빈 충만'이라고 불렀다.

난 '봉사한다'는 자각조차 없이 봉사를 했지만, 누군가를 행복하게 해 주면 나의 깊은 내면으로부터 나오는 기쁨이 백만 배가 된다는 것을 일찍이 알았다. 긴 세월 후에 이것이 바로 불교에서 말하는 무주상보시(無住相普施)였고, 그것이 되돌아오는 기쁨이라는 것을 깨달았다. '내가 베풀었다'는 상(相)에 메이지 않고 무조건 주고 나누는 기쁨. 그 기쁨은 이 세상 어느 것과도 비교할 수 없다.

2015년 나는 구조한 개들의 위탁비에 허덕이다가 지인의 소개로 인천의 한 폐가로 개들을 모았다. 이후 자체 보호소가 절실해지면서 덜컥 김포 벽돌집을 사서 개들을 데리고 이사했다. 그곳이 김포 세이브코리언독스 보호소였다. 주변에 민가가 없고 강화도가 보이는 바다를 끼고 있는 둘레길과 가까웠던 이곳에서 여러 봉사자들을 만나게 되었다.

처음에는 이 길에서 산책하던 분들의 봉사 문의가 많았다. 주말마다 산책 봉사를 하다가 개들과 정이 들어 입양한 케이스도 있고, 나에게 구조 배경을 듣고 가족이 되어 주기로 결심한 고마운 분들도 있다. 이런 분들은 개의 품종이나 외모를 따지지 않는다. 단지 개가 겪었을 그 아픔을 나누고 싶어 하는 마음뿐이다. 서로 모르는 사이였던 봉사자들이 개를 매개로 서로의 따뜻한 마음을 확인하고는 각별한 친구나 연인이 되는 경우도 있다.

나는 구조된 개를 맡길 곳이 없다고 찾아오면 조건 없이 받아 주었다. 공간이야말로 구조자들이 가장 어찌하기 힘든 부분이기 때문이다. 그러다 보니 개체 수가 날로 늘어 혼자 모든 일을 감당할 수 없는 지경이었다. 매일 100마리가 넘는 개들에게 밥을 주고 산책하는 일 외에, 크고 작은 공사로 환경을 개선하는 것도 보호소의 중요한 일과였기 때문이다. 그때마다 개를 데려온 구조자들에게 주말에 청소 한 번씩 도와 달라고 말했지만, 거리가 부담스러웠는지 다시 나타나지 않거나 내 번호를 차단하기도 했다.

여느 때와 다름없이 구조 문의가 왔다. 개장수가 키우던 20여 마리의 개를 구조하는 것이었는데, 그 개들을 발견하신 할머님은 이미 30마리의 개를 혼자 돌보고 있던 터라 방편을 찾다 나에게까지 소식이 닿은 것이었다. 개장수와 협상 끝에 구조한 개들은 우리 보호소로 옮겨졌다. 할머님은 그날 당장 용인에서 김포로 찾아와 개들을 직접 돌보고 견사를 청소해 주셨다. 엄청난 솜씨로 견사를 살펴 주신 덕에 한 시름 놓았고, 이후 용인에서 구조했던 개들이 입양되면 소식을 전해 드리곤 했다.

보호소에는 다양한 봉사자들이 다양한 방식으로 도움을 주고 가셨다. 아플 때 나를 들여봐 준 봉사자 분들께도 큰 감사를 보내고 싶다. 2017년 겨울이었던가, 예정에 없던 봉사자 한 분이 방문했다. 나는 당시 새로 처방받은 약에 적응이 안 되어 눕기와 구토를 반복하고 있었다. 그는 나를 보더니 주방에서 쌀을 찾아 미음 죽을 끓여 떠먹여 주며 말을 건넸다. "사람이 살아야 저 개들도 살아요." 다음 날은 전복국을 끓여 가져왔고, 난 그 음식과 봉사자의 마음 덕분에 가까스로 회복할 수 있었다. 늘 아픈 동물을 지나치지 않고 살렸던 보현과 선칠 부부, 한 분 한 분 엄청난 책임감과 재능을 가지고 오랫동안 보호소를 도와주신 멍냥팀……. 전부 언급하기도 어려운 수많은 분들 덕분에 보호소가 10년이나 굴러갈 수 있었다.

집회와 시위에 참석해 주셨던 분들의 용기에도 고개 숙여 감사 드린다. 어디서든 남의 앞에 나서기는 쉽지 않은데, 개식용 철폐를 위해 숫자를 막론하고 나와 주신 것만으로 정말 대단한 일이다. 개들이 그 고마움을 모르고 있다면 하늘이 알아 줄 것이다.

우리 사단법인과 보호소는 해외 입양을 위해 영어로만 홍보 활동을 했기 때문에 여름 휴가차 방문하는 외국인 봉사자가 많았다. 국내 봉사자 분들과 마찬가지로 집회와 시위에 참여하고, 훈련과 구조, 공항 이동 봉사 등 무엇이든 해 주었다. 그중 메들린은 2014년 여름 국회앞 시위 때 인연이 된 후, 매년 초복부터 말복까지 우리 보호소에서 식구처럼 지냈다. 돌아가면 다시 1년간 돈을 모아 다음에 올 비행기 티켓을 구매했다.

메들린은 개식용 철폐 시위에 맞춰 한국에 머물다 갔는데, 그러다가 2017년에는 강서구 보신탕집 앞에서 시위하던 중 음식점 주인에게 함께 폭행을 당한 적도 있다. 경찰 신고 후에도 별다른 진전이 없어 메들린에게 이렇다 할 결과를 알려 주지도 못했다. 그런데도 메들린은 실망하거나 싫은 기색 없이 꾸준히 시위를 함께해 주었다. 2024년 초에 내가 태국에서 지낼 때도 소식을 듣고는 찾아와 태국 곳곳을 돌며 함께 봉사를 했다.

보호소 오픈 이후 몇 안 되는 지인이나 가족이 찾아온 적이 있다. 견사에서 똥을 치우다 개들과 뒹굴며 놀고, 개털은 보호막처럼 두르고 다니는 나를 보면 친구들은 하나같이 코를 막으며 왜 이 고생을 하고 사냐 묻곤 했다. 나야 냄새가 익숙했지만 놀

김포시청 앞에서 시위 중인 메들린

2024년에도 메들린은 태국에서
나와 함께 봉사를 다녔다.

랐을 마음도 이해된다. 옛날 한 국수집에 들어갔을 때는 사장이 내 몸에 코를 갖다 대고 냄새를 맡더니 나가 달라 한 적도 있다. 집에 와 보니 똥 묻은 개 발자국이 내 코트 뒤에 찍혀 있었고, 신발 바닥에는 똥이 잔뜩 끼어 있었다. 이러니 냄새가 안 날 수가 없었겠다. 그래도 난 이것조차 봉사가 남겨 준 즐거운 추억이라며 웃고 만다.

마하트마 간디가 이런 말을 한 적이 있다. "자신을 찾는 가장 좋은 방법은 다른 사람을 위해 헌신하는 것이다." 어린 개의 평생을 책임질 수 없는 나이가 된 나는 노견들을 위주로 돌보고 있다. 이 책의 초안을 썼던 태국 봉사 기간에는 수술을 하고 퇴원한 그레이스가 내 옆에 있었다. 양평에서 퇴고를 하는 현재는 아픈 노견 숙이와 금이를 데리고 호스피스 중이다. 둘 다 병을 몇 개씩 달고 있어 살 날이 얼마 남지 않았다. 다음 주부터는 심장병을 앓는 노견 네 마리를 함께 돌보게 되었다. 지구촌 어디에나 아무리 작은 손길이라도 도움이 필요한 개들은 늘 있다.

반드시 봉사의 대상이 개가 아니어도 좋다. 아무런 대가 없이 누군가를 위해 자기를 내준다는 것에는 오묘한 중독성이 있다. 이만큼 나이를 먹었어도 거리에서 행복한 얼굴을 볼 기회는 흔하지 않다. 설사 행복하다고 해도 천성적으로 관대하고 낙천적인 사람이 아니라면 평소 느끼는 행복은 지속성이 약해 그리 오래가지 못한다. 조건 없이 자기를 내어주는 봉사야말로 인류에게 주어진 가장 큰 선물이고, 유일하게 영원한 행복의 원천이다.

5장

더 나은 공존을 위해

“

“뭐가 급하다고 그리 빨리 갔니?
1년만 더 살지. 아니, 단 한 달만이라도
그간 못 받은 사랑 잔뜩 받았으면 좋았을걸.
인간을 용서해 주렴.”

그리고 나는 파커의 죽음을 애도하며
‘나 그만 드세요’ 캠페인을 시작하게 되었다.
스티커를 만들어 곳곳에 붙이고 다녔는데,
2014년에 진행한 개식용 철폐 광고 이후
두 번째 캠페인이었다.

”

동물 학대의 그림자

10여 년 전 부산에서 지낼 때의 일이다. 유난히 추웠던 어느 날, 몇몇 활동가들이 소재를 파악한 한 비닐하우스 번식장에 방문하게 되었다. 논에 둘러싸인 비닐하우스 안은 오물과 악취로 가득했다. 그곳은 기계에서 물건을 찍어 내듯 생명을 만들어 내는 일명 '강아지 공장'이었다.(그중에서도 몰티즈 품종만 생산하는 공장으로 보였다.) 번식장 주인은 우리의 출현에도 아랑곳하지 않고 경매 시간이 가까워 온다며 젖도 떼지 않은 새끼들을 어미로부터 분리해 차에 실었다. 우리는 그를 따라가 경매장에 잠입했다.

그곳에서 경매의 과정을 처음 알게 되었다. 뭣도 모르고 실려 온 어린 생명들이 케이지에 물건처럼 잔뜩 담겨 있었다. 둥근 펜스 안으로 옮겨진 후에 경매가 진행되고, 낙찰된 강아지들은 다시 무더기로 다른 차에 실려 가게들에 뿌려진다. 당시 마리당 3만 원 꼴로 낙찰된 개들은 곧 펫숍에 진열되어 열 배 이상의 가격으로 팔렸다.

2023년에도 상황은 크게 달라지지 않았다. 사단법인 해산 직전 나의 마지막 큰 구조는 여주의 한 번식장이었다. 육견 경매장 폐쇄를 위한 시위 중에 어디선가 들려온 개 짖는 소리를 따라가

자 거적을 씌운 철창 안에 강아지들이 보였다. 대부분이 암컷 노견들이었다. 총 서른일곱 마리를 구조했는데, 데려오고 보니 임신한 개들이 계속 출산하여 결국 쉰 마리가 넘었다. 노부부가 오랫동안 운영해 오던 이곳은 동물생산업 관련 법이 신고제에서 허가제로 바뀌면서 허가 요건을 채우지 못해 이도 저도 못하고 있었다.

번식장에서 평생 새끼만 낳았던 모견들의 건강 상태는 참담하다. 혈액 검사 결과를 보면 정상이 하나도 없고, 간 수치에 문제가 많으며 대부분이 빈혈에 시달린다. 몇몇은 슬개골 탈구로 제대로 서지도, 걷지도 못하고, 유선 종양이 이미 몸 전체로 퍼져 있는 경우도 보았다. 일곱 살이 넘은 노견은 장거리 비행이 무리라서 해외 입양도 어렵다. 그래서 노령견들은 각종 질환으로 고통받다 자연사하는 경우가 많다.

펫숍에 있는 동안 강아지들은 생명이 아닌 상품으로 취급되기 때문에 상품성 없는 강아지는 학대를 받기도 한다. 팔리기 전에 죽거나, 안 팔리는 강아지들은 어떠한 존중도 없이 '처리'된다. 펫숍에서 돈 주고 산 개들은 귀엽고 예쁘지만, 성장하면서 잔병치레가 잦을 확률이 높다. 비위생적인 환경에서 강제적으로 발정제를 투여해 태어나서 태생적으로 면역력이 약하기 때문이다. 종일 케이지에 갇혀 맘껏 뛰어놀지도 못하니 스트레스는 늘

경매장 전경

육견 경매장 앞에서 시위하는 우리를 겨냥해 걸어 둔 현수막

쌓여 있고 영양 상태도 좋지 않다.

게다가 펫숍의 개들은 유기견이 될 확률이 높다. 돈을 주고 상품 고르듯 쉽게 구매한 사람들은 조금만 맘에 들지 않아도 쉽게 버릴 가능성이 크기 때문이다. 어리고 건강할 때만 키우다가 늙고 병들었다는 이유로 버려진 아이들은 또 다른 개인이나 보호소가 떠안게 되는 형국이다.

번식장과 경매장 외에도 불쌍한 동물을 이용해 돈벌이를 하는 사람들이 있다. 2020년부터 대외적으로는 보호소를 표방하지만 알고 보면 펫숍인 곳들이 우후죽순 생겨났다. '무료 분양'이라고 해서 찾아가 보면 일정한 금액을 요구한다. 15일 이상 팔리지 않은 개들은 다시 경매장으로 돌려 보내져 낮은 가격으로 재입찰되는데, 보호소를 가장한 펫숍들은 그런 개들을 이용해 이윤을 취한다. 이런 펫숍은 현재 전국적인 체인망을 갖고 번창하는 중이다. 심지어 인터넷으로 주문해 박스째 문 앞에 배달해 주는 비인간적인 방식도 생겨났다고 한다.

요즘은 애니멀 호더 문제도 심각하다. 호더는 '저장하다'라는 뜻의 호드(Hoard)에서 비롯된 말로, 마구잡이로 많은 양의 물건을 모아 숨기는 것에 집착하는 사람을 일컫는다. 애니멀 호더들은 죽으나 사나 '내 새끼'라면서 자기 능력을 넘어서는 많은 수의 동물이 열악한 환경에서 고통받는 것을 방치한다. 호더인지 아닌지 구별하는 나의 두 가지 기준이 있다. 첫째, 중성화를 시키고 있는가? 둘째, 감당이 불가능할 경우 입양을 보내는가?

내 주변에도 애니멀 호더가 있는데, 두 마리로 시작해 8년이 지나 130마리가 된 개들을 혼자 데리고 산다. 암컷 두 마리가 1년에 두 번 임신과 출산을 반복한다면 100마리가 되는 건 순식간이다. 그나마 나의 끈질긴 설득 끝에 100마리는 중성화했지만, 현재 30마리의 개들은 중성화를 미루고 있어 숫자는 계속 늘어날 것이 뻔하다.

갈수록 동물 학대의 유형이 다양해지고 있다. 매스컴을 통해 듣는 소식만으로도 생판 모르는 개들을 심각한 수준으로 괴롭히는 사람들이 많아지는 걸 체감한다. 개를 학대하는 사람이 자기보다 약한 사람이라고 제대로 대할 리 없다. 연쇄살인범 강호순, 유영철, 정남규도 모두 동물을 잔인하게 학대했던 전적이 있지 않은가.

직접 아기 늑대를 키웠던 영국의 괴짜 철학자 롤랜즈는 힘 없는 약자를 대하는 태도에서 그 사람을 파악할 수 있다고 말한다.[6] 또 간디는 동물을 어떻게 대하는지 보면 그 나라의 수준이 보인다고 한다. 동물 학대는 결국 사회의 인식과 가치관을 반영하는 일이다. 그래서 나는 개와 욕을 결부하는 단어들부터 사용을 자제하기를 권한다. '개수작', '개만도 못한 XX' 등 여기 적지 못할 온갖 '개'가 들어간 욕지거리들과 관용어들이 누군가를 폄하하기 위해 쓰이고 있다. 사람을 최우선으로 생각한다고 해도 좋은 세상을 바란다면 이런 일은 사라져야 한다.

먹히기 위해 길러지는 생명들

구조한 많은 개와 살기 위해서는 선택의 여지 없이 시골을 택하게 된다. 태어나 처음으로 시골살이를 시작했던 곳은 주변에 유적지가 있어 개발될 일이 없는 조용하고 작은 마을이었다. 그곳에서 개와 함께 산책하며 마을 어른들과 마주치게 되었고, 개를 바라보는 시각에 크게 놀랐다.

화창한 5월, 두 마리 개를 데리고 논길을 지나 바닷가로 향하던 중이었다. 마침 모내기를 하던 마을 어른들을 만나 인사를 드리니, 내게는 시선을 주지 않고 개만 바라 보며 "고놈 참 맛있게 생겼네."라는 말을 뱉었다. 이어 누구는 누런 놈이 맛있고, 누구는 꺼먼 놈이 맛있다며 의견을 주고받는 게 아닌가. 기겁을 하고 곧바로 방향을 틀어 돌아와서는 그때부터 보호소 문단속을 철저히 했다.

시골에서의 개는 크게 두 가지 역할로 취급받는다. 하나는 벨이 없는 시골집에서 낯선 이의 방문을 알리는 집 지키미, 다른 하나는 미래의 보양식이다. 사는 동안에는 남은 음식물을 먹거나, 1미터가량의 공간에 대변과 소변이 그대로 쌓여도 견뎌 내야 한다. 대부분 짧은 쇠사슬에 묶여 제대로 뛰어 보지도 못한 채

평생을 지낸다.

동네를 돌아다니다가 쇠사슬에 묶인 개의 혀가 한파로 꽁꽁 언 물그릇에 달라붙어 있는 것을 목격했다. 억지로 떼다가는 혀가 다칠 듯해 목줄을 풀어 자동차에 데려와 얼음과 혀가 분리되도록 추위를 녹이고는 다시 데려다 둔 후 따뜻한 물을 주었다. 그런데 그 집에서 노부부가 나오더니 고래고래 소리를 지르며 나를 쫓아냈다. "꺼져, 이놈을 우리가 얼마나 사랑해 주는데!"

이후에도 한겨울에는 사료와 물을 챙겨 옆마을까지 돌아다니며 개들을 살폈는데, 마주친 어르신들은 하나같이 개를 아끼고 잘 돌보고 있다고 말했다. 그럴 때면 속으로 생각했다. '왜? 먹어야 하니까?' 나중에 어떤 할아버지가 사료를 먹으면 고기 맛이 떨어진다고 말하는 걸 듣고, 틀린 추측이 아니라는 걸 깨달았다.

여기서 나는 파커 이야기를 꺼내지 않을 수 없다. 파커는 초복에 희생양이 될 뻔했으나, 살이 없어서 살아남은 아이다. 어느 추운 날, 늘 마당에서 짧은 줄에 묶여 있던 파커에게 밥을 주었다. 안에 주인 할아버지가 없는 듯해 추위에 떠는 파커를 안았는데, 장갑을 낀 손에 느껴지는 건 긴 털에 가려진 뼈와 가죽뿐이었다.

며칠을 고민하다 파커 주인에게 줄 곶감 한 박스와 장갑 열

시골 개들은 평생 짧은 줄에 묶여 살다 먹힌다.

끊어진 목줄들로 얼마나 많은 개가
먹혔는지 가늠할 수 있다.

한켠에 놓인 가마솥은 개를 끓여 먹은 흔적이다.

암컷 개들은 평생 끊임없이 새끼를 낳아야 한다.

구조 전의 파커

개를 사서 찾아가 말을 걸었다. "아이가 어디 아프진 않나요? 뼈만 앙상해서 아플 수도 있으니 제가 동물병원에 데려갔다가 다시 데리고 올게요." 그러자 할아버지는 "밥을 안 먹으니까 그렇지. 저놈이 너무 말라 작년에도 못 먹었는데 올해도 못쓰겠어. 수육으로도 못쓸 놈이야, 국물도 몇 그릇도 안 나올 거라. 저런 털 긴 개는 맛없다고 개장수도 안 데려가더라구."라며 문을 닫았다. 난 가져간 선물을 마루에 내려놓으며 사정했다. "제가 데려가 잘 키우다 미국에 입양 보낼 테니 제발 데려가게 해 주세요." 결국 푼돈 5만 원을 주고 파커를 병원에 데려갈 수 있었다.

파커는 종합병원이었다. 영양실조, 사상충 말기, 바베시아, 고관절이상, 슬개골 탈구, 심장 이상, 폐렴 초기 등등. 순서를 정해 원장님과 치료 스케줄을 짰다. 병원을 수없이 오가며 자동차 안에서 둘이 시간을 보내다 보니 우리 사이는 점점 가까워졌다. 찬

파커의 죽음 이후 만들었던 캠페인용 스티커

찬히 만져 주기라도 하면 파커는 놀란 눈을 하다가 수줍게 웃기도 했다. 사람이 이런 부드러운 손길을 주기도 한다는 걸 처음 안 듯한 얼굴이었다.

김 원장님의 스케줄에 맞춰 하나 하나 순조롭게 치료가 진행되었고, 파커는 언젠가부터 나를 보며 꼬리를 흔들기 시작했다. 구조 세 달 후였다. 내 침대 옆에서 자고 있던 파커에게 아침밥을 주는데 전혀 미동이 없었다. 지난 밤에 조용히 무지개다리를 건넌 것이었다.

난 파커가 입었던 겨울옷과 밥그릇 등 유품을 정리하면서 오랫동안 울었다. "뭐가 급하다고 그리 빨리 갔니? 1년만 더 살지. 아니, 단 한 달만이라도 그간 못 받은 사랑 잔뜩 받았으면 좋았을걸. 인간을 용서해 주렴." 그리고 나는 파커의 죽음을 애도하며 '나 그만 드세요' 캠페인을 시작하게 되었다. 스티커를 만들어 곳곳에 붙이고 다녔는데, 2014년에 진행한 개식용 철폐 광고 이후 두 번째 캠페인이었다.

젊은 층에는 개를 먹는 사람이 거의 없지만, 나이 많은 사람들에겐 아직 개가 음식이다. 도시를 조금이라도 벗어난 외곽에서는 흔히 확인할 수 있는 일이다. 아직도 6월부터 마을에는 개장수 트럭이 다닌다. 초복이라도 가까워지면 마을회관서 뒤집의 어느 개를 잡아 잔치할까 하는 소리도 들렸다. 나는 개를 잡아먹는 사람들에게 가슴을 치며 소리친다. "자식도 잡아 드시지요."

개에 대한 인식 문제 외에도 시골 지역에서는 공무원과 지역 주민 간의 유착 관계가 큰 걸림돌이다. 도시보다는 대체로 서로 교류하며 지내기도 하고, 커뮤니티가 작아서 서로 사돈의 팔촌으로 얽혀 있다는 점이 구조 활동의 큰 장벽이 된다. 개 학대 현장을 신고해서 출동한 경찰관이 "여기는 건드리지 마세요."라며 오히려 나를 위협한 적도 있었다.

마을 이장 중 한 명은 직접 개고기 판매에 관여하거나, 외부인의 구조 활동을 방해했다. 김포의 한 마을 이장은 버젓이 '개고기 판매'라는 작은 간판까지 걸어 두고 고기를 납품했다. 내가 그곳을 방문했을 때 냉동고에는 개고기가 가득했고, 막 한 마리를 죽였는지 바닥 수돗가에는 피가 흥건하게 주변 논으로 흘러들고 있었다. 바로 신고를 했지만 시청 동물보호 담당자는 무덤

덤하게 반응하며 무척 귀찮아했다. 농촌 지역의 공무원과 경찰들에게는 더욱이 동물보호법 관련 교육을 의무화하고 신고 대응 방법을 다시 고민해 봐야 하는 것이 아닐까?

시골 지역은 빠르게 정보를 수용하고 변화하기 어려운 구조이기 때문에 개인의 노력만으로는 처우 개선 활동을 이행할 수가 없다. 법적으로 개식용을 금지한다 해도 시골에서는 이 끔찍한 전통이 완전히 근절되기까지 많은 시간이 필요할 것이다. 하지만 시민들의 꾸준한 관심과 지속적인 인식 개선 노력, 그리고 동물보호 단체들의 활동을 통해 시골 개들의 환경도 조금씩 나아질 것이라 믿는다. 파커와 같은 개들이 더 이상 고통받지 않는 날이 오기를 간절히 바라 본다.

여기 순종 있나요?

"순종 있나요?" 보호소에 찾아온 중년 남자가 던진 첫 질문이다. 특정 종일 필요는 없고 순종이면 되는데, 어디서도 순종은 보기 어렵다는 것이다. 견사를 이리저리 둘러보더니 그는 이내 "여기도 잡종만 있네."라며 문을 쾅 닫고 나갔다. 나는 벙찐 채로 서 있다가 뒤에 대고 소리쳤다. "그러는 넌 순종이냐? 순종 증명서 좀 보여 주시겠어요?"

또 다른 날에도 입양을 하겠다며 처음 보는 손님이 왔다. 당장 한 마리를 데려가고 싶다며 둘러보는데 조건이 많았다. 생김새는 예뻐야 하고, 귀여운 구석이 있어야 하고, 나이는 어려야만 한단다. 거기에 애교 많고, 성장해도 몸집이 크지 않은 강아지를 보여 달라고 하길래 없다며 내보냈다. 우리 보호소에는 대부분 진도믹스나 도사견이라 그런 '완벽한' 개는 정말로 없었기 때문이다. 그 사람에게는 사랑받을 만한 개의 자격이 따로 있는 듯했다.

몇몇 유기견 보호소에서 듣기로는 푸들, 몰티즈 같은 소형 순종 강아지가 가장 입양이 잘 된다고 한다. 반면 진도믹스는 구조가 되어도 새 가족을 만날 확률이 현저히 낮아, 보호소에서 대부분 안락사를 당한다. 국내 반려동물 양육 인구는 1500만에 육박하고, 다섯 집 중 한 집 꼴로 개나 고양이가 살고 있지만, 선호에 따라 어떤 개들은 더 쉽고 빠르게 죽음을 맞이한다.

외모와 혈통이 왜 그렇게 중요한 걸까? 개장수에 잡혀갔다가 도망쳐 수십 킬로미터를 찾아온 개도, 주인을 화재에서 구해 온 개도, 입으로 전해지는 전설의 개들은 전부 '잡종'이었다. 단지 순종이 아니라는 이유로 이들을 폄하하는 시선이 안타깝다. 순종이냐 잡종이냐는 개의 성격, 지능, 충성심과 전혀 관련이 없다. 순종은 근친 교배되는 경우가 대부분이라 선천적 유전병이 있는 가능성이 높기 때문에 건강 측면에서는 여러 품종이 섞인 개들이 더 유리하다는 주장도 있다.

지난 세월 내가 직접 구조하거나 개인 활동가들이 구조해 나에게 온 개들은 대부분 진도믹스였다. 이런 개들은 국내에서 입양될 확률이 제로에 가까워 난 99퍼센트 해외 입양을 보냈다. 미국과 캐나다 입양자들은 검역 서류에 적힌 '진도믹스'가 무엇인지 궁금한지 DNA 검사를 한다. 정확한 통계는 내지 못하지만 대부분 5~8개의 견종이 섞여 있다. 그렇게 많이 섞여 있어도 아이들의 충성심과 지능은 누구와 비교해도 뒤지지 않는다. 게다가 요즘은 순종과 잡종을 시각적으로 구분하기도 어렵다.

이런 맥락에서 보면, 순종과 잡종의 구분은 인위적이고 무의

미하다. 우리나라 역사에는 900여 차례의 외세 침략과 다양한 문화 교류가 있었고, 삼국시대에는 중국에서 시추, 페키니즈, 차우차우 등이 들어왔다. 모든 개는 늑대에서 파생되었으며, 인간의 필요에 따라 다양한 품종으로 분화된 것이다. 무엇보다, 사람이든 개든 그런 식으로 혈통을 따져 구분짓는 것은 하등 쓸모가 없는 차별일 뿐이라고 말해 주고 싶다.

또 하나 우리나라에서 흔히 볼 수 있는 차별은 해외견과 토종견의 구분이다. 소위 '명품견'이라 불리는 해외 수입견은 선호하면서, 우리 고유의 토종견은 관심 밖에 있는 경우가 많다. 이런 인식 때문에 펫숍에서는 대부분 서구에서 들여온 푸들, 몰티즈, 시추, 비숑 등을 판매한다. 최근에는 코커스패니얼과 푸들의 교배종인 코커푸, 몰티즈와 푸들의 교배종인 몰티푸 등 서로 다른 종의 교배를 통해 만들어 낸 '디자이너 독'이 인기를 끈다.

현재 알려진 350여 종의 견종 중 238개의 견종이 개 백과사전에 실려 있다. 견종 몇 가지만 살펴보아도 나라마다 국견이 있음을 알 수 있다. 우리가 흔히 아는 저먼 셰퍼드는 독일 국견이다. 이집트는 그레이하운드, 일본은 아키타, 중국은 차우차우, 우리나라에 제일 많은 푸들은 프랑스, 몰티즈는 이탈리아 출신이다.

우리나라에 잘 알려지지 않은 중동견과 몽골견도 있다. 몽골 초원에서 양 떼와 사람을 지키는 방카르는 영하 30도에서도 새끼를 낳는다는데 주인에 대한 충성이 진돗개 못지않다. 중동에서 신(神)이라 불리는 살루키는 사막에서 유목민과 살기 가장 적당한 견종으로 사냥 전문이다. 시력도 좋아 1킬로미터 이상을 볼 수 있는 능력이 있으며 거친 사막 환경에도 잘 견딘다고 한다.

이처럼 세계 각국에는 저마다의 국견과 토종견이 있으며, 각자의 고유한 환경과 역사 속에서 그 특성과 가치를 지니고 있다. 우리가 특정 종만을 선호하는 것은 각 개체가 가진 고유한 가치를 무시하는 일이다. 수천 년에 걸쳐 인류와 함께해 온 개는 그 어떤 종이든, 순종이든 잡종이든 소중한 건 매한가지다.

우리나라에서는 유독 토종개들이 인정받지 못하는 듯하다. 우리 토종개의 진원지는 진도와 경주로, 진돗개, 풍산개, 삽살개, 동경이 등이 있다. 간혹 제주의 토종개인 제주견도 거론된다. 한라산 멧돼지 사냥으로 특화되어 늑대개라고도 불린다. 제주견 서너 마리가 자기 몸무게의 스무 배가 넘는 멧돼지를 공격하는 모습을 보면 경악할 만큼 그 용맹성이 강하다. 반면 주인에게는 자신이 죽는 날까지 충성한다. 대외적으로 잘 알려지지 않아 제주견의 명맥이 끊길 뻔했는데, 다행히 옛 명성을 되찾기 위한 연구와 보급에 제주 토박이 한 분이 혼자서 힘쓰고 계신다 한다.

진돗개의 경우 일반적으로 알려진 것보다 훨씬 복잡한 역사가 있다. 원래는 세계견종협회에도 등록되지 못했지만 지금은 진도군에서 관리와 연구에 신경 쓰고 있다. 이해가 안 되는 것은 진도 지역에도 영양탕 가게가 두 개나 있었다는 사실이다. 2021년 8월 진도의 식용견을 키우는 개농장에서 열한 마리의 진돗개가 발견되었다는 기사를 접한 적이 있었다.[7] 이런 진돗개들은 대회 심사에서 탈락되었거나 대상을 못 타는 개였을 것이다. 진도로부터 반출되어 나온 진돗개의 숫자나 수치를 정확히 낼 수는 없지만 이미 전국 곳곳의 개농장에 '시골개' 혹은 '잡종'라는 이름으로 존재한다.

우리가 '천연기념물'이라 부르는 진돗개나 삽살개가 순수 혈통으로 보존되는 곳은 극소수다. 그리고 순종을 유지하는 것은 쉽지 않다. 원산지에서도 순종을 구분하거나 인정하기 어려운 경우가 많다. 예를 들어 일본의 아키타는 이미 일본에서는 사라졌고, 일본에 주둔했던 미군에 의해 미국으로 이동한 후 오히려 미국이 혈통 보존의 주체가 되었다. 또한 사람들이 품종 개량을 거듭하면서 천차만별의 종이 다 섞여 있는 것이 현실이다. 그럼에도 펫숍에서 파는 모든 개를 순종이라 홍보하고, 입양자들도 순종만을 찾는 문화는 건전한 반려동물 문화가 정착하는 데 큰 걸림돌이 된다.

우리는 인간 입장에서 순종만을 고집하지만, 개의 입장에서는 어떨까? 누구든 순수 혈통 백의민족이라며 증명서를 내줄 수 있는가? 사람도 개도 순종 아닌 잡종이고, 혈통은 살아감에 있어 아무 의미도 없다. 잡종에 대한 편견이 심한 사람들에게 너도 나도 잡종일 수 있다는 말을 꼭 하고 싶다.

입양을 고민할 때 중요한 것은 견종이 아니라, 그 개의 성격과 내 생활방식의 일치 여부다. 활동량이 많은 견종에게 좁은 아파트에서 산책도 없이 지내게 하는 것은 고통이다. 반대로 온순하고 사교성이 높은 개를 지키미로 마당에 묶어 두는 것도 잘못된 일이다. 순종, 잡종의 구분보다는 각각의 특성과 필요를 이해하고, 그에 맞는 환경을 제공하는 것이 진정한 반려 가족을 위한 일일 테다.

개 먹는 나라

80년대 미국 유학 시절의 가장 큰 고충은 기숙사에 개를 들일 수가 없다는 점이었다. 주말 기숙사에 혼자 남아 있을 때 더욱더 개가 그리워져서, 수소문을 한 끝에 유기견 보호소 몇 군데를 알게 되었다.(당시에는 인터넷이 없었다.) 첫 방학을 맞이해 방문한 보호소에서는 내가 한국서 온 유학생이라고 소개하면 모두 똑같은 질문을 했다. 기숙사 입소 첫날부터 룸메이트들에게 들었던 것과 같은 질문이었다. "한국 사람 만나면 꼭 물어보고 싶은 게 있었어. 한국은 아직도 개 먹니?" 다른 한국인들도 마찬가지의 상황이었고, 이 질문은 유학 생활 내내 나를 따라다녔다.

내가 봉사를 나가던 보호소 매니저는 나를 힐끗거리며 눈빛과 태도로 무시하기 시작했다. 참으로 참담하고 수치스러웠다. 그곳에 새로 입사한 직원은 한층 질문을 발전시켜 고양이까지 추가했다. "한국에선 고양이도 먹는다며? 관절염에 특효라는 말이 진짜야?" 어디를 가든 사람들과 이야기하는 주제가 개였고, 그래서 당시 미국에서는 늘 '야만인'으로 낙인찍힌 채로 살았다. 그 질문을 참을 수 없어지면 "난 고기 안먹어.(I don't eat meat.)" 정도로 대답하는 것이 나의 최선이었다.

당시 미국 사회에서 한국에 대해 알려진 정보는 남북 분단, 한국전쟁, 인삼 정도가 전부였고, 그 외에는 개를 먹는 나라라는 부정적 이미지가 깊게 각인되어 있었다. 이런 인식이 한국전쟁 참전 군인들과 선교사, 평화봉사단을 통해 확산되면서 처음 한국인을 만나는 미국인들이 가장 궁금해하는 이야깃거리가 되었다.

한인 교포들도 유사한 편견에 시달렸다. 미국으로 이민 온 한 한인은 한국에서부터 키우던 개를 데리고 자주 산책을 나갔는데, 이웃들이 그녀와 개를 유독 기이한 시선으로 쳐다보았다고 한다. 어느 날은 한 이웃이 다가와 이렇게 물었다. "한국에선 개를 고기로만 본다는데 너는 참 다르구나, 너 한국 사람 맞니?" 이런 질문 앞에서 한국인들은 자신의 정체성과 문화적 배경을 어디서부터 설명해야 할지도 몰랐을 것이다.

인종차별적 질문에 분노하면서도 마땅히 아니라고 할 명분이 없었으므로, 나는 우리나라 사람들이 대체 왜 개고기를 먹기 시작했는지 알아보기도 했다. 선사시대부터 개를 먹었다는 벽화도 있으나 대중에게 보신용으로 널리 퍼진 것은 6.25 이후다. 식량자원이 부족해지면서 단백질 보충용으로 개를 이용하기 시작한 것이다. 마당에 묶어 두고 남은 음식만 주어도 잘 자랐기 때문에 키우기 좋은 가축이 되었다.

그리고 이후에는 과학적인 근거가 없는데도 보신 문화가 단단히 자리 잡게 되었다. 나 또한 의사 입으로 직접 보신탕을 추천받은 적이 있다. 보호소 공사 중 전기톱이 떨어져 팔이 잘려 나갈 뻔해 대수술을 받았을 때, 담당 의사는 보신탕을 먹으면 뼈가 잘 붙고 회복이 빠르다며 내게 개고기를 권유했다. 개식용 철폐 운동을 하며 보신탕집을 관찰할 때도 대체로 포장해 가는 분들은 정형외과 환자의 가족들이었다.

이러한 보신 문화에 관한 국제적 시선이 화두로 떠오른 것은 축구 선수 박지성의 맨체스터 유나이티드 입단 이후다. 당시 국제 무대에서 활약하던 박지성은 '개고기 노래(Dog Meat Song)'로 불리는 응원가에 7년이나 시달렸다. "박지성, 박지성, 네가 어디 있든 너의 나라는 개를 먹지. 리버풀 사람들은 더 심하지. 걔네들은 공영주택에서 쥐를 잡아먹으니까." 리버풀 사람들과 한국인의 식문화를 연결해 비하하는 노래였다.(맨체스터 유나이티드 팬들은 쥐보단 개를 먹는 게 낫다는 의미로 불렀으니 응원가가 맞다고는 한다.) 이처럼 세계적인 스포츠 무대의 스타도 '개 먹는 나라' 이미지에서 벗어날 순 없었다.

난 이 사태를 보며 제발 이런 소리 듣는 게 우리 세대에서 끝나기를 바랐다. 그리고 외국인 봉사자들과 여름마다 진행했던 집회에서는 늘 슬로건으로 '개 먹는 나라'를 사용했다. 국회, 광화

2015년 국회 앞에서 진행한
'개 먹는 나라' 시위

문, 시청, 군청, 개시장, 보신탕집을 돌았고, 육견 경매장의 경우 마지막 남은 이천의 한 곳을 제외한 남양주, 파주, 여주, 이천 등 총 다섯 군데에 산재해 있던 경매장을 모두 폐쇄시켰다.(2024년 기준)

보신탕 없는 도시

구조 활동에 열을 올렸던 시기에는 개시장, 개소주집, 보신탕집 뒷마당에서 도축 현장을 맞닥뜨릴 일이 많았다. 강심장이라고 자부하는 나조차 아직까지 트라우마에 시달리고 있으니, 누구든 목격한다면 반 미치게 될 광경이었다. 개 잡으려던 남자가 내 목에 칼을 들이대고 몸싸움을 벌일 정도로 급박한 날의 연속이었다.

가축법상 '개'는 가축 명단에 들어가 있지만, 식약처의 위생관리 대상에는 들지 않는 사각지대였다. 신고도 제대로 먹혀들지 않아서 한 개농장 주인이 개를 해체하는 과정을 지켜볼 수밖에 없던 날도 있었다. 추위나 더위가 찾아오면 뜬장 개들의 안위를 걱정하고, 초복부터 말복까지는 죽임당하던 개들의 비명소리에 악몽에 시달렸다.

앞서 언급한 '개 먹는 나라' 피켓 시위는 2014년부터는 초복에서 말복까지 조직적으로 진행되었지만, 복날에만 집중된 계절성 활동으로는 한계가 있다고 느꼈다. 당시만 해도 수요 자체가 줄어들지 않아서 특성상 한 곳이 폐쇄되면 암암리에 다른 곳에 다시 생기는 일이 반복되었기 때문이다. 그들의 채팅방에 잠입

해 새로운 곳을 또 급습하고 고소전을 거듭하면서 다른 방식을 모색하게 되었다. 대중의 인식을 근본적으로 바꾸고 지속적인 변화를 이끌어 내려면 연중 지속 가능한 활동이 필요했다.

그렇게 시작된 것이 2015년에는 1차로 부천시와 함께 진행한 '개고기 없는 도시' 프로젝트다. 다행히 당시 시장님이 이 제안에 흔쾌히 손을 내밀어 주셨다. 시장실에서 여러 번의 미팅을 마친 후 동물보호 담당 직원들과 함께 보신탕집을 전수조사하고, 메뉴 변경을 독려하려는 구체적인 계획을 세웠다.

이 프로젝트의 핵심은 보신탕집 업주들에게 대안을 제시하는 것이었다. 보신탕 메뉴를 다른 음식으로 변경할 경우 무료로 간판과 메뉴판을 교체해 주는 지원 프로그램을 마련했다. 2014~2015년만 해도 부천시 관내에는 서른여섯 개의 보신탕집이 있었는데, 1년 후에는 보신탕집과 개소주를 팔던 건강원 세 곳이 지원 프로그램을 신청했다. 한 업주는 자녀가 수의과대학에 합격해서 간판을 바꾸겠다고 먼저 연락을 주기도 했다.

시장실과 의회의 적극적인 지원에 힘입어 버스 광고도 시작하게 되었다. 한창 버스 광고를 준비하던 중 부천시의 미국 자매도시인 베이커스필드와 연계한 캠페인 기회가 생겼다. 나는 부천 외곽에 있던 개농장과 보신탕집 사진을 찍어 베이커스필드 시장에게 보내 주었다. 사진과 함께 첨부한 편지, 탄원서를 읽은 베이커스필드 시장은 분노를 표하며 곧바로 회신을 해 왔다.

전 세계 동물보호 활동가들의 서명이 담긴 탄원서는 300페이지에 달했고, 나는 이를 출력해 부천시장실을 찾았다. 베이커스필드의 시장의 개입은 부천시 내에서 변화의 촉매제 역할을 했다. 자매도시 부천의 동물 학대 시설에 대한 우려와 관심을 표함으로써 부천시의 입장에 힘을 실어 주었기 때문이다. 이에 대한 감사의 마음으로 2015년에 난 부천의 주요 노선 버스에 시범적으로 첫 광고를 게재하게 되었다.

첫 버스 광고와 전광판 광고는 부천시 중심가와 인천을 오가는 88번 버스 열 대에 실렸다. 버스 한 대당 30만 원 가량 소요되는 제작비와 광고비는 미국 후원자의 도움으로 충당했다. 이 버스 광고는 이후 건물 옥상, 번화가 전광판, 택시로 이어졌고, 전주, 안산, 군산, 김포, 남양주, 파주로 지역을 확장해 6년간 지속적인 광고 캠페인을 펼쳤다.

국내 활동과 병행해 몇몇 미국 후원자가 뉴욕 중심가에 광고를 올리면서 미국에서도 캠페인이 전개되었다. 올라간 광고를 본 한 독지가가 뉴욕 근교 30번 하이웨이 전광판에 광고를 올려 주기도 했다. 이러한 광고는 대외적으로 정부 압박용이었기 때문에 외교부와 접촉이 이루어지는 성과까지 거두었다.

부천 이후 자신감을 얻은 나는 2년간 10여 개의 도시를 다니며 공문을 보내고 시장실의 문을 두드렸다. 그러나 부천처럼 모든 곳의 반응이 긍정적으로 돌아오는 것은 아니었다. 이 프로젝트는 오로지 시의 경제적 개발에만 열정을 쏟는 시장에게는 우이독경이었다. 면담 요청이 비서실에서 사전 차단이 되거나, 날짜가 잡혀도 정중한 변명으로 회피하기도 했다.

나중에 알고 보니 나를 피하는 사람 중에는 보신탕 마니아들도 있었다. 각 도시의 유명한 보신탕집을 찾아가 "OO님이 이 집 단골이시라면서요."라고 반가운 척 물어보면서 알게 된 사실이다. 한 시장과의 미팅을 준비하면서 비서실에 브리핑하던 중에는 한 비서관이 "왜 그 맛있는 걸 못 먹게 하는 건지."라며 내 면전에 대고 고개를 절레절레 흔들기도 했다. 난 농담하는 것이냐며 받아넘겼지만 결국 그곳과의 미팅은 성사되지 않았다.

이런 허탈감 사이에서 전주시는 개식용 문화 철폐에 매우 적극적인 도움을 주었다. 동물보호과라는 독립적인 부서를 신설하고 전담 인력까지 마련해 주었다. 네 번째 미팅 때, 당시 시장님이 진두지휘하던 전주동물원 재정비 현장에 직접 가 보면서 전주시의 이러한 정책 방향이 비로소 명확히 이해되었다.

전주동물원의 콘크리트는 정글로, 벽돌은 실제 나무와 식물로 바뀌는 중이었다. 시장님의 생태학적 관점과 동물에게 자연 그대로의 숲을 조성해 주려는 노력이 반영된 사업이었다. 동물

국제단체에서 후원을 해 준 부천시 버스 광고

뉴욕의 전광판에도 개식용 반대 광고가 걸렸다.

원 자체가 동물권과 거리가 먼 장소임은 분명하지만, 전주동물원의 방향 자체는 타 도시에서 모델로 삼아야 한다.

이때 신설된 동물보호과의 주도로 전주시는 구체적인 동물보호 교육과 캠페인 기틀을 마련하고 전주 근교의 개농장을 색출해 갔다. 간판과 메뉴판 변경 지원 외에 다른 보상에 관한 협상을 적극적으로 진행하는 팀도 따로 있었다. 개인의 노력만으로는 지난했을 터인데, 여기에 지자체의 의지가 더해진다면 분명 바뀔 수 있음을 체감한 순간이었다.

이런 지속적인 노력의 결실로 2024년 1월, 개식용 금지 법안이 마침내 국회를 통과했다. 수십 년간 이어져 온 활동가들의 노력이 법적 성과로 이어진 역사적인 순간이었다. 그러나 3년의 유예 기간이 설정되어 있어 아직 완전한 승리를 선언하기는 이르다.

유예 기간 동안 다양한 변수와 저항이 있을 수 있기 때문이다.

그러므로 앞으로는 개 사육을 자발적으로 포기하는 농장 업주들에게 업종 전환 보조금을 지급하거나, 농장 폐쇄 후 토지 용도 변경을 지원하는 등의 대안을 제공하고, 시 직영 보호소를 확충하는 등 보다 구체적인 정책의 시행이 더욱 필요하다. 동물복지를 존중하는 선진국으로서의 새로운 이미지를 구축하고 죽어 간 생명들에게 용서를 빌 수 있는 가장 빠른 순간이 바로 지금이다.

동물보호 행정의 사각지대

우리나라에는 엄연히 동물보호법이 있고 지자체마다 동물보호 담당자가 배정되어 있지만, 현장에서는 전혀 다른 현실이 펼쳐진다. 지난 세월 동물보호 활동에서 가장 큰 어려움이 바로 한국의 제도와 행정을 막상 현장에서 적용하기 어렵다는 것이었다. 우리나라가 동물복지 선진국으로 나아가지 못하는 근본적인 원인 중 하나다.

행정 시스템상 동물보호 부서는 제대로 작동하기 어려운 구조다. 지자체의 동물보호 담당자는 주로 한두 명 정도의 최소 인원으로 꾸려져 있어 잦은 동물 학대 민원을 응대하기가 버겁다. 게다가 인사이동이 잦아 업무 연속성이 떨어진다. 1년에 동물보호 담당자가 네 번이나 바뀐 지자체도 있다. 본인의 의지와 상관없이 동물보호 업무를 맡게 되어 관련 분야에 대한 전문성을 가지기 어렵다는 한계도 있다. 이런 경우 동물복지에 관한 고도의 전문가가 필요할 터인데, 정작 수요가 많지 않아 동물보호법을 전문으로 하던 변호사가 이혼 전문 법무법인으로 자리를 옮기게 되는 경우도 보았다.

개농장을 찾아다니며 느낀 가장 큰 벽은 동물보호 담당자들의 무관심이었다. “개와 고양이를 싫어하는데 동물보호 담당을 맡게 되어 고역”이라는 담당자도 있었고, “사람 복지도 안 되는데 동물복지까지 신경 쓰기엔 지자체 살림이 빠듯하다.”는 반응을 보이기도 했다. 되레 나에게 “저 사람들 좀 먹고살게 놔두라.”며 학대자를 감싸는 담당자도 있었다. 이것이 동물보호 담당자의 발언이라는 사실이 경악스러웠다. 또한 막대한 환경 오염을 일으키는 현장을 관련 부서에 신고하거나, 육견 경매장에서 이뤄지는 탈세를 제보해도 효과가 없었다.

법 자체에도 문제가 있다. 우리나라에서 동물보호는 국가가 아닌 개인이 책임져야 하는 환경이다. 우리나라 동물보호법이 명목상 존재할 뿐 현장에서 실효성이 떨어지는 이유는 정부 기관에서 적극적으로 움직이지 않기 때문이다. 동물보호법 10조에 따르면 동물 학대는 “목을 매다는 등의 잔인한 방법으로 죽음에 이르게 하는 행위”를 포함한다. 그런데 한 수사관은 학대자가 개를 목매달지 않았으니 위반이 아니라고 말한다. 이렇게 법을 좁고 소극적으로 적용하니 현장을 발견해도 법에서는 해답을 찾기가 어렵다.

12년 전 일이지만, 개 학대 현장에서 동물보호법을 언급했더니 출동한 경찰조차 처음 듣는다는 듯이 그 자리에서 인터넷으로 관련 법을 검색하는 모습을 목격한 적도 있다. 어떤 국회의원이 문제를 인식하고 동물보호법 개정 법안을 발의하더라도 대부분 상임위원회 문턱을 넘지 못한 채 폐기된다. 갈수록 세상이 험해지는 만큼 동물 학대는 점차 더 늘어갈 것이 뻔한 이치인데도, 몇몇 정치인들은 선거 때만 되면 표를 겨냥해 잠시 동물보호를 공약으로 내걸며 집에서 키우는 동물과 찍은 사진을 매체와 포스터에 싣는다.

게다가 현재까지도 개는 동물보호법에서 교묘하게 걸리지 않는 동물이다. 축산법 시행령 제2조에 따르면 개는 기러기, 노새, 당나귀, 토끼 등과 함께 '가축'으로 명시되어 있다. 집에서 키우면 애완견이고, 개농장이나 시골에 묶여 자라는 개들은 식용견이라는 이상한 구분이 지어져 있지만 사실상 모든 개가 '가축'인 셈이다. 그러나 식품위생관리법에는 개고기가 포함되어 있지 않아 위생 관리 대상에서 제외된다. 나에겐 이 말이 개고기가 먹을 수 있는 음식은 아니나 가축에는 해당한다는 모순으로 느껴진다.

이런 법망의 허술함 때문에 개농장에서는 개를 가축이라 당당하게 주장하며 사육한다. 육견 경매장을 폐쇄시키고 경매가 열리는 날마다 집회를 할 당시, 축산과에서 경매를 제지하지 못하는 이유도 이 논리 때문이었다. 그뿐인가? 개는 '물건'에 속해, 사람이 개를 사거나 팔고, 또 잡아먹어도 이를 막을 법적 장치가 전혀 없다. 동물을 학대해도 벌금이 미미하며, 학대 전력이 있어도 언제든 원하는 대로 동물을 소유할 수 있다.(작년 '동물은 물건이 아니다.'라는 규정을 신설하는 내용의 민법 개정안이 국회에서 발의되었지만, 아직까지는 별다른 진전이 없다.)

여성인 내가 민원을 넣을 때와 남성 봉사자에게 부탁해 민원을 넣을 때의 대응이 다르다는 문제도 있었다. 아무리 신문고, 전화, 현장 방문으로 민원을 넣어도 해결이 되지 않을 때 남성에게 부탁해 동일한 민원을 넣으면 즉각적인 반응이 나타났다. 이에 '도축업자 사냥꾼(Butcher Hunter)'이라는 명목으로 전직 남성 경찰관을 채용하는 것을 실행에 옮긴 적도 있다.

이런 한계 때문에 현장에서 아름답고 상식적인 방식으로 문제를 해결하기는 하늘의 별 따기다. 법이 보호하지 않으니 먹히기 위해 길러지는 개들의 구조는 철저히 개인의 몫이 되었다. 나는 다른 대안을 모색해야 했고, 환경이나 수질 오염을 일으키는 개 사육 현장을 신고하는 것으로 방향을 틀었다.

경험상 학대 현장에서는 "가축분뇨의 관리 및 이용에 관한 법률"을 활용하는 것이 더 효과적이었다. 자발적인 폐쇄를 유도할 수도 있었고, 동물보호법 위반보다 큰 처벌을 받게 할 수도 있었다. 건축법, 환경법, 하수도법 위반을 지적하는 것은 더욱 실질적인 효과가 있다. 6년 전 즈음 한 마을 이장이 '개고기 판매'

간판을 걸고 영업할 때도 환경법과 하수도법을 걸고넘어지며 벌금을 계산해 보여 주니 군말 없이 개들을 넘겨준 적이 있다.

이때 서로 합의한 내용을 문서로 남겨 두는 것이 중요하다. 오래전 뭣도 모르는 초보였던 시절, 등에 파란 스프레이가 칠해진 개들과 맞닥뜨렸다. 파란 스프레이는 곧 도살될 개들이라는 표시다. 민원 처리에는 시간이 걸리기 때문에 그 사이에 죽임당할 수도 있는 상황이었다. 별다른 방도를 찾지 못했던 나는 다급한 마음에 돈을 달라는 대로 주고 개를 데리고 갔다. 그러나 한 달 후 농장주는 내가 개를 막무가내로 훔쳐 갔다며 나를 절도로 고발했다. 현장에는 CCTV가 없었기 때문에 나는 그대로 전과 기록을 얻을 수밖에 없었다.

이런 점이 동물보호 활동가들의 복장을 터지게 만든다. 현장에서는 오히려 학대자보다 내가 체포되거나 벌금을 무는 일이 비일비재했다. 컨테이너 안에서 도축이 이루어진다는 제보를 받고 지구대에 신고했지만, 죽임당하기 직전인 두 마리 개를 그대로 둘 수 없어 먼저 구조를 한 적이 있다. 그런데 경찰이 오기 전에 개를 차에 실었다는 이유로 절도 현행범으로 체포되어 수갑이 채워진 채 경찰서로 이송되었다. 2년간의 재판 끝에 전과 기록이 하나 추가되었다. 그리고 경매장 앞 시위 때문에 대한육견협회, 전국육견인연합회와의 고소전도 여러 차례 치르며 나의 전과 기록은 늘어만 갔다.

물론 이러한 구조적 한계에도 불구하고 지극히 큰 도움을 주신 분들도 많았다. 2014년 인천 개 학대 현장 출동해 주신 주무관님은 개를 때려 죽이려는 학대자를 전심으로 설득해 개를 넘기도록 도와주셨다. 1,000마리 규모의 양산 초대형 개농장 폐쇄 작업 당시 과장님은 최종 폐쇄까지 1년 반을 붙잡고 책임을 다해 주셨고, 이때 주무관님은 내가 부산을 떠난 후에도 내 새 주소를 찾아내 폐쇄 공문과 철거 사진을 함께 보내 주셨다. 여주시청의 주무관님들은 보신업 가게와 개소주집 현장을 발로 뛰며 감독하고, 각 업장의 공급원까지 조사해서 보고서를 작성해 주셨다. 이런 고마운 분들, 그리고 각자의 자리에서 최선을 다하고 계신 분들에게 행여 누가 될까 죄송스럽다.

동물보호 관련 법안의 진행을 지지부진하지만, 국회에서도 진심을 다해 동물보호에 관심을 가진 의원들이 있다. 2014~2015년 가장 자주 만났던 표창원 의원님과 보좌관님은 동물 사랑이 남다른 분들이었다. 국회 앞에서 매년 '개 먹는 나라' 피켓을 들고 시위하는 모습을 보고는 우릴 사무실로 초대해 주셨고, 동물보호법 개정안을 의논할 수 있었다. 2017년에는 국제 단체들과 협력해 표창원 의원이 발의한 개식용도살 금지에 대한 45만 명의 서명이 담긴 탄원서를 국회 세미나실에서 전달하는 행사도 열었다.

이제는 동물 유기에 관한 논의도 이어져야 한다. 연간 10만 마리가 넘는 유기견이 발생하다는 통계가 있지만, 알게 모르게 산속이나 섬에 버리고 간 개를 포함하면 훨씬 많은 개들이 버려지고 있을 것으로 추정한다. 짖음과 배변, 이사, 출산, 경제적 부담 등을 이유로 지금도 개들은 버림당하고 있다.

고작 벌금 300만 원으로 유기된 개에 대한 보상이 될까? 개를 버리면 그 책임은 고스란히 개인 구조자나 사설 보호소에 떠넘겨진다. 보호소 운영자 대부분은 재정적 어려움이 심각하고, 허리나 관절이 남아나질 않는다. 한 할머님이 혼자 운영했던 사설 보호소는 코로나 시기에 5만 원이 수입의 전부였다. 나이가 지긋한 분들은 SNS를 다루기 힘드니 아쉬운 소리를 할 곳도 없어 근근이 생계를 이어 가는 분도 허다하다.

이렇게 구조된 개들의 경우는 그나마 운이 좋은 편이다. 극소수의 유기견만이 구조 단체나 사설 유기견 보호소에서 돌봄을 받고 운 나쁘게 태어난 개는 짧은 견생을 일찍 마감한다. 이것이야말로 최고로 불공평한 일인데 이에 대한 정부의 정책이 아직도 없다. 이러니 동물생산업 선두주자인 번식장, 일명 강아지 공장은 여전히 번성한다.

그런데도 정부는 반려견 테마파크 같은 시설 조성에만 관심을 두고, 유기견 문제에는 미온적인 태도를 보인다. 보호소들은 소음 민원부터 불법 확장 등 온갖 민원을 다 받아 내고, 내가 아는 것만 해도 5년 사이 대형 보호소 세 군데가 지자체로부터 철거 명령을 받았다.

이제는 활동가들이 이런 방식을 홀로 고민하지 않고 제도에 기댈 수 있었으면 하는 것이 나의 바람이다. 그렇게 서로를 믿을 수 있는 날을 위해 내가 바라는 것은 명확하다. 1) 적어도 동물보호 관련 담당자는 동물을 사랑하는 사람의 신청을 받고, 무분별한 부서 이동을 지양해 주었으면 한다. 2) 지자체마다 미국의 애니멀 컨트롤(Animal Control)과 같은 동물보호 감독관을 별도로 따로 임명해 주길 바란다. 3) 동물 학대자들의 처벌을 강화해 다시는 동물을 소유하지 못하도록 해 달라. 4) 동물 유기 또한 처벌을 강화해 달라. 5) 지자체마다 시나 군 직영의 쾌적한 유기동물 보호소를 조성해 달라. 6) 1~2미터 쇠사슬에 묶여 사는 개들의 목줄을 최소 10미터 이상으로 바꾸어 주었으면 한다. 고성에서, 또 얼마 전 의성에서 대형 산불이 민가로 옮겨붙었을 때 쇠사슬에 묶여 있는 개들은 고통을 그대로 느끼며 타 죽었다. 인식이 제대로 자리 잡히지 않은 상태에서 풀라고 종용할 수만은 없으니 일상에서 돌아다닐 수 있게 최소한의 부탁을 하는 것이다. 7) 펫숍의 공급처인 동물생산업장에 특별 세금을 부과하고 사후 감독 관리를 철저히 강화해 주었으면 한다. 수많은 유기견을 개인이 떠안아야 하는 상황이 너무 오래 지속되고 있다. 8) 안내견의 일반음식점 출입 거부에 대해 강력하게 처벌해 달라. 안내견 출입과 같이 법으로 정해진 내용조차 활동가들이 일일이 쫓아다닐 수는 없는 노릇이다. 9) 아마도 불가능하겠지만 현시점에서 개식용 종식 3년의 유예 기간 동안 개 사육을 자발적으로 포기하는 개농장 업주들에게 혜택을 주는 적극적인 대안을 고민해 달라.

2027년 1월이면 개식용은 이제 불법적인 행위가 된다. 남은 시간 동안 다양한 보완책이 마련되어야 하며, 장기적으로는 동물보호와 복지에 대한 인식 자체가 변화해야 한다. 특히 동물보호에 대한 정책이 반려견뿐 아니라 돌봄받기 어려운 유기견을 포용하는 쪽으로 발전해야 한다.

영국과 독일에서 배우는 동물복지

동물복지의 선두를 달리는 독일의 동물복지 역사는 아이러니하게도 나치 시절부터 시작되었다. 1933년 말, 세계에서 처음으로 동물복지법을 제창한 사람이 바로 아돌프 히틀러다.(개를 진정 좋아하는 사람치고 악인은 없지만 역사적으로 보면 단 한 사람은 제외해야겠다.) 반려동물뿐 아니라 유기동물에 관해서도 지구상에 독일만큼 체계적인 시스템을 갖춘 나라가 없다. 독일은 국토 안에 있는 동물, 특히 개와 고양이를 정부 차원에서 자체적으로 관리한다. 공공 동물보호소인 '티어하임'이 대표적인 사례다.

티어하임에서 동물들을 입양하려면 엄격한 과정을 거쳐야 한다. 입양자에게는 세금이 부과되고, 철저한 사전 교육이 필수이며, 감독관이 정기적으로 입양 가정을 방문한다. 가장 인기 많은 개와 고양이의 입양은 일정 금액의 입양비와 세금을 납부한 후에 입양이 가능하다. 또한 의무적으로 의료보험에 가입시킴으로써 추후 입양자에게 걸림돌이 될 수 있는 동물병원 비용의 부담을 줄여 준다. 이런 정책은 충동적인 입양을 방지하는 일종의 필터링 시스템이 된다.

입양 가족의 기본 자세를 의무화시키기 위해 심사 과정에서는 시험도 봐야 한다. 동물이 다시 유기되지 않도록 예방하는 것이며, 이때 소비될 시간과 에너지를 국가에서 절약하는 방법이기도 하다. 입양 후 변동 사항에 대한 대비까지 완벽하게 되어 있다. 만약을 위한 파양, 양육 포기로 인한 유기의 재발 방지책도 있다. 그 과정이 매우 철저한데 이것은 추후 파양의 가능성을 줄이기 위한 최선의 방법이다.

독일은 동물복지 정책이 오래전부터 자리 잡은 만큼, 정책 결정자들이 이러한 사안을 깊이 있게 다루는 편이다. 율리아 클뢰크너 독일 농림부 차관은 9년간 연방하원 의원을 지냈고, 이 중 2년간 식품 및 농업, 소비자보호부 차관으로 재임했을 당시 동물복지 법안 하나를 발의했다. "개는 가지고 노는 인형이 아니므로, 자유로운 욕구를 존중해야 한다."는 취지로 하루 두 번 산책시킬 것을 의무로 법제화시켰고, 하루 산책 시간까지 1시간 이상으로 정했다.[8] 위반 시 처벌에 관한 규정까지 제시한 것은 아니었으나 이것을 법으로 묶어 둔 것이다. 반면 우리나라 전 농림부 장관 중에는 동물은 반려하는 게 아니라 팔아먹고 잡아먹는 것이라고 발언한 이가 있다. 이런 인식 차이는 결국 정책의 차이로 이어진다.

우리나라 유기동물 관리 시스템은 크게 세 가지 유형으로 나눌 수 있다. 개인이 구조 후 그 구조자가 책임지는 경우, 사설 보호소로 넘겨지는 경우, 지자체의 직영 보호소로 가는 경우다. 2022년 기준 전국 77개 도시 중에 시립유기견 보호소가 있는 곳은 10개가 채 되지 않으며, 직영 보호소가 없는 도시는 대체로 동물병원 한 곳을 지정해 위탁하고 있다.

동물병원에서 케이지에 갇힌 개는 종일 좁은 공간에 있다가 언제 안락사를 당할지 모른다. 김포처럼 유기견 보호소가 없거나 동물병원 위탁시설조차도 없는 도시는 모두 양주의 '한국동물구조관리협회'로 보내지고, 공고가 올라간 지 열흘이 지나면 안락사된다. 중·대형견은 입양 가능성이 훨씬 희박하다. 그래도 최근 인식이 많이 바뀌어 펫숍이 아닌 유기견 보호소에서 입양하는 사람들이 늘고 있다고 한다.

내가 가 본 지자체 직영 보호소 중에 고양시와 양평군청에서 운영하는 곳은 다른 곳과 비교하면 그야말로 개에게 천국이었다. 전속 수의사가 있고 활짝 열린 놀이터까지 갖추고 있다. 대체로 시장과 군수가 동물을 좋아하는 곳은 보호소가 잘 되어 있는데, 임기 때문에 사람이 바뀌는 자리이므로 체계적인 관리 시스템과 인식을 계속해서 갖춰 나가는 것이 중요하다.

그렇게 되기 위해서는 앞서 언급한 독일 외에도 영국의 동물복지 시스템을 참고할 수 있다. 영국 동물보호 단체 애니멀스 아시아(Animals Asia)의 동물복지 담당 이사 데이브와 구포 개시장 폐쇄 작업을 함께할 당시, 그는 영국에서는 공장식 축산에 대한 정부의 관리가 엄격하다고 알려 주었다. 그곳에서도 도축이 아예 근절되지는 않았지만, 그래도 그 안에서 고통을 최소한으로 줄이기 위해 모든 가축 시설에 CCTV 설치가 의무화되어 있는 등 여러 장치를 마련되어 있다.

영국도 물론 처음부터 동물복지 시스템을 잘 갖췄던 건 아니다. 영국은 1960년대에 농장 동물들의 열악한 사육 환경에 경각심을 가지고 이를 점검하면서 '브람벨 보고서'를 내놓았다. 이전에는 '동물 학대를 금지한다'는 식으로 모호하게 동물복지를 다루었지만, 이 브람벨 보고서를 기점으로 처음으로 가축과 반려동물을 포함한 모든 '동물'에게 다섯 가지 자유를 보장해야 한다고 명시했다. 그리고 이후 영국 동물복지위원회(FAWC)가 이를 정형화했다. 첫째, 배고픔과 갈증으로부터의 자유. 둘째, 불편함으로부터의 자유. 셋째, 고통, 상처, 질병으로부터의 자유. 넷째, 자연스러운 행동을 할 자유. 다섯째, 두려움과 스트레스로부터의 자유.[9]

특히 주목할 만한 것은 '두려움과 스트레스로부터의 자유'다. 동물의 정서적 영역까지 고려한 획기적인 개념이기 때문이다. 대체로 1~3의 자유는 기본적으로 지키곤 하지만, 물질적 보상이 전부라고 여겨 동물의 정서적 측면은 등한시하는 경우가 많다. 게다가 먹기 위해 기르는 동물들은 아예 생명으로 취급하지 않는 것인지, 사육장에 빽빽하게 들어 찬 돼지, 닭, 소 들은 평생 두려움과 스트레스로 고통받다가 죽임을 당한다.

뉴질랜드 메시대 심리학과 데이비드 멜러 교수가 제안한 동물복지를 위한 다섯 가지 영역 모델 또한 브람벨 보고서의 것과 유사하다. 영양, 환경, 신체 건강, 행동, 정신 건강 향상을 위한 견주의 책임과 의무를 나열하며, 주인/보호자가 동물에게 좋은 경험을 쌓게 하는 것의 중요성과 과학적인 분석을 함께 설명한다. 모든 동물들의 기본적인 생존을 보장하는 것뿐만 아니라 정서적인 면까지 보살피며, 마치 자식 하나 더 키우듯 또 하나의 인격체로 존중하며 양육하는 방법을 말해 준다.[10]

기본적인 사료 급여와 아픈 개들의 처치는 동물병원에 의존할 수 있었지만, 개들의 정신 건강 관리는 보호소 운영에서 가장 어려운 부분이었다. 숫자는 많고 주중의 인력은 약골인 내 두 손뿐이라 늘 시간에 쫓겼다. 내가 할 수 있는 최고의 처방은 산책이었다. 다른 명약이 없다. 그래서 우리 보호소에 개인으로 오는 봉사자들의 주요 업무는 대부분 산책이었다. 산책을 자주 다녀오는 아이들은 시간이 지날수록 표정이 밝아지고 꼬리가 점차 서기 시작한다. 독일의 율리아 차관이 하루 산책 시간과 횟수를 지정한 것도 이러한 맥락일 테고, 이것이 브람벨 보고서에서 강조하는 '자연스러운 행동을 할 자유', '두려움과 스트레스로부터의 자유'를 지키는 일이다.

다만 우리나라는 여전히 체계적인 시스템 없이 개인의 선의에만 기대고 있기 때문에 아이들 하나하나가 그러한 행복을 보장받기 어려운 현실이다. 나와 봉사자들이 개들에게 겨우겨우 해 주던 산책은, 독일이나 영국이었다면 각 가정에서 개들이 당연하게 누릴 수 있는 일상이었을 것이다. 그래서 내가 하는 구조 활동의 최종 목적은 늘 가족을 만들어 주는 것이었다. 일선에서 물러나 있는 지금도 여전히 입양만이 최종 해답임을 역설하고 있다. 참으로 좋은 가족을 만나는 일은 구조자에게도 개에게도 큰 행운이다. 고군분투하는 어떤 상황에서도 일단 개를 살려 놓고 보면 어딘가에서 도움의 손길이 다가와 '꽃길'로 안내해 준다.

맺음말

오랜 세월 묵혔던 수많은 경험을 글로 풀어내다 보니 개 덕분에 한평생 참으로 잘 살았다는 말이 나온다. 단순하지만 깊은 영혼을 가진 개들 덕에 보이지 않는 세계에 눈을 떴다. 털 긴 스승으로 남은 몇몇 개들은 인생의 챕터마다 그 방향을 잡아 주었고, 덕분에 고락에 휘둘리지 않고 살아올 수 있었다. 이것이 이번 생의 큰 축복이었으니, 정말 개라는 동물이 나를 이 나이가 되도록 키워 주었다 해도 과언이 아니다.

처음 동물보호 활동을 시작한 10년 전과 지금을 비교해 보면 개에 대한 사람들의 인식이 놀랍도록 많이 개선되었다. 유학 시절 '개 먹는 나라'에서 왔다며 손가락질받았던 것도 이젠 그때

만큼 큰 분노로 다가오지 않는다. 그러나 구조 현장에서 보았던 학대의 장면들은 아직까지 밤낮으로 나를 따라다닌다. 2023년 봄에는 구조를 멈추었고, 보호소와 사단법인을 해산하고 정리해 나가기 시작했다. 이 책의 초고를 쓰기 시작했던 2024년에는 태국의 유기견 보호소에서 봉사를 하며 길거리 개들을 만나고 다녔다. 마치 오지로 떠나온 선교사처럼 개를 섬기는 일을 지속했지만, 참혹한 동물 학대 현장을 안 봐도 되니 천천히 정신과 육체의 건강을 되찾아 갔다.

보호소를 정리하고 사단법인을 해산해야 했던 가장 큰 이유는 나의 건강이었다. 6년 전부터 밤만 되면 팔다리가 뒤틀리거나 마비가 오는 증상이 잦았다. 보호소 운영하는 사람치고 안 아픈 사람이 없다지만 심신이 나를 혼내며 비명을 지르고 있었다. 태생적으로 약골이었던 난, 그나마 끌어올려 버티고 있던 정신력마저 바닥나 버렸다. 마비 외에도 몇몇 이상 증세가 나타났지만, 엄청난 고통을 참아냈던 개들을 봐 왔기 때문에 입 밖으로 내 고통을 말할 생각은 들지 않았다.

나는 이것이 단순히 수면 부족 때문일 것이라고 생각하고 있었다. 미국과 캐나다로 아이들을 입양 보내다 보니 시차 때문에 밤낮으로 잠이 부족했다. 검사하러 병원 다니는 날이 점차 많아졌고, 최종적으로는 뇌에 이상이 생겼다는 진단을 받았다. 초긴장 속에서 지낸 10여 년의 세월이 너무 길었다고 몸이 소리치는 것 같았다. 의사는 더 이상 동물학대의 처참한 광경을 보지 말라고 권했다. 그러나 어찌 그만둘 수 있을까. 단 한 마리라도 목줄과 철창에서 해방시키는 일이 나의 사명인데.

2023년 1월 초부터 법인 해산에 착수하기로 혼자 마음을 먹고 조금씩 살림 정리에 들어갔으나, 다리가 휘청거리고 팔이 제멋대로 움직이는 등 몸이 따라 주지 않았다. 이런 이유로, 수시로 크고 작은 부상도 입었다. 건강한 몸으로도 혼자서는 벅찬 보호소 살림인데, 이런 상태에서는 한 마리 한 마리에게 신경을 써 줄 수 없다는 점이 가장 미안했다.

그래서 나는 개들에게 용서를 비는 마음으로, 살날이 얼마 남지 않은 아이들의 곁을 지키며 호스피스 봉사로 남은 시간을 보내려 한다. 일찍이 개와의 동행 덕분에 인생의 실마리를 찾았으니, 남은 삶에도 여전히 개들에게 필요한 손길을 보낼 기회가 있다는 건 감사한 일이 아닐 수 없다. 이 글의 초고를 썼을 때는 태국에서 그레이스와 마지막을 보냈고, 퇴고하는 지금은 양평에서 열네 살 된 숙이와 금이 형제를 돌보며 개털에 묻혀 살고 있다.

10여 년을 보고 겪고 느꼈던 우리나라의 동물보호 정책에 대한 절망, 그리고 현장에서 애태우던 쌓인 한(恨)과 화(火)도 다 놓아 버렸다. 이젠 조금 느릿하게 우보(牛步)로 가며, 어디선가 읽은 그대로 '무상하기에 아름답다.'라는 말을 실감하고 있다. 다만 나에게 마지막 한 가지 소망이 있다면, 동물들의 마지막을 잘 보내 주는 전국적인 호스피스 네트워크가 있어서, 동물들이 차가운 병원 입원실이 아닌 사람의 품에서 마지막을 맞이할 수 있게 하는 것이다. 그 꿈은 아마도 다음 생으로 미뤄야 할지도 모르겠다.

개의 빠른 수명은 사랑만 하기도 모자란 시간이다. 나의 1년이 개의 7년이다. 눈치 백 단 개들은 귀신처럼 다 알아들으니, 지금 옆에 개가 있다면 "사랑해."라고 수시로 말해 주었으면 한다. 이미 떠난 아이가 있다면 "나에게 와 줘서 고마웠어, 우리 꼭 또 만나자."라고 영혼의 말을 걸어 주었으면 한다.

감사의 말

인복도 많고 견복도 많았던 인생을 되돌아보며 글을 쓰다 보니 옛 고마운 분들이 새록새록 떠오른다. 그분들이 안 계셨다면 그 많은 구조와 변수투성이의 보호소 운영을 어찌 감당했을까? 고통이나 위험에 처한 동물은 지나치지 못하고 외면하지 않는 모든 분에게 다리 건너 영혼들이 한마음으로 무지개를 띄워 줄 것 같다.

먼저 어머니는 내가 동물에게 해를 덜 끼치며 살아갈 수 있도록 나를 잡아 주신 분이다. 어릴 적 도시락에 고기반찬을 절대 싸 오지 않는 내게 친구가 의문을 표한 적이 있다. 어머니께 여쭤 보자 "한 번 칼을 댄 데다 어떻게 또 칼을 대니?"라고 답해 주셨던 기억이 있다. 시간이 한참 지나서야 그 말뜻을 제대로 이해할 수 있었지만, 어머니 덕에 난 동물의 시선으로 세상을 바라보기 더 수월했던 듯하다. 내가 보호소를 설립한 후에도 어머니는 개에 관한 한 물심양면으로 지원을 해 주셨다. 지금껏 어머니가 대신 갚아 준 병원비를 더하면 서울 중심부에 아파트 한 채를 살 수도 있을 듯하다.

내가 겁 없이 구조 활동을 했던 데에는 수많은 분들의 도움이 녹아 있다. 늘 법적인 자문을 주셨던 법무법인 동률의 심상범 변호사님과 황혜란 변호사님 덕분에 어떤 상황에서도 자신 있게 아이들을 구할 수 있었다. 특히 황혜란 변호사님은 개 절도로 전과 18범인 나를 체포한다고 강력반장이 나를 찾아왔을 때 나를 구해 주셨다. 황 변호사님이 안 계셨다면 아마 나는 지금쯤 감옥에 있었을 것이다.

두고두고 잊지 못할 고마운 수의사 선생님들과 수의테크니션 분들도 여럿 계시다. 작은친구 동물병원 한병진 원장님은 대형 구조가 있을 때마다 보호소에 방문해 중성화 수술을 진행해 주셨는데, 지난 10년간 한 원장님께 수술을 받은 2,000여 마리의 개들 중 후유증이 생겼던 아이는 한 마리도 없었다. 누구보다 사설 보호소의 사정을 잘 이해해 주셨던 분이기도 하다. 그리고 하남동물병원 이상인 원장님은 수의사로서 도움을 주셨을 뿐더러 우리 구조 활동에도 동참해 주셨다.

김포 동행 동물병원의 김준태 원장님은 정기적으로 보호소에 봉사를 나와 주셨다. 무엇보다 아픈 개들을 위해 고심한 흔적이 병원 곳곳에 묻어나 있다. 이곳 병원에 근무하는 분들은 언제나 보호자와 강아지를 환한 얼굴로 맞아 주셔서 방문할 때마다 피곤에 절어 있는 내 얼굴에도 미소가 그려졌다.

평생피부과 동물병원 박종무 원장님은 피부병으로 고생하던 똘이를 자연치료법으로 건강하게 해 주셨다. FM동물메디컬센터 수의사 선생님, 경기도수의사회에도 신세를 많이 졌다. 구조할 때마다 아픈 아이들이 워낙 많으니 병원 출입이 잦았는데, 늘 적절한 수술과 치료로 새 삶을 안겨 주셨다. 오랜 세월을 겪어 보았기에 잘 안다. 아이들 보는 마음이 늘 처음과 같이 지극한 분들이었다.

반려동물 용품을 판매하는 동물사랑앱스의 이우석 대표님은 개와 고양이를 끔찍하게 아껴 사료와 간식을 후원해 주셨다. 주변의 사료 제조사나 수입사를 연결해 주셨고, 그렇게 우리 보호소에 온 사료와 간식을 경상도, 전라도에 산재한 어려운 보호소에 나눌 수 있었다. 이 대표님은 수익의 일부를 유기견 보호소에 후원하고 사료 기부로 봉사를 대신하는 대표적인 애견 기업가다.

이 기회에 반려견주택연구소에도 다시 한번 깊은 감사를 보낸다. 우리 보호소는 놀이터 포함 600평 규모의 큰 보호소와 100여 평의 작은 보호소 건물로 이루어져 있다. 개인이 만든 보호소는 비용 문제로 시설을 제대로 갖추기 힘든데, 여러 고마운 분들이 후원과 반려견주택연구소 덕분에 나는 규모는 작지만 실용적인 견사를 갖추게 되었다. 여름에는 에어컨, 겨울에는 히터가 나오고, 온도와 바람이 자동으로 조절되며, 개의 시력을 보호하기 위한 깜빡임 없는 플리커 전등 등 모든 것이 부족함 없었다.

우리의 활동을 가장 크게 지원했던 국제적인 트위터 그룹도 있다. 이탈리아인 타마라, 영국인 티나, 일본인 쿠코모로 구성된 이 그룹은 10여 년 가까이 온라인에서 한국의 동물복지 발전에 기여했다. 세이브코리언독스를 해산해야 할 때 이 사실을 전하는 게 참으로 어려웠다. 고맙고 미안한 마음에 말을 못하고 있다가 도청으로부터 법인해산 명령을 최종으로 받은 날에야 털어놓았다. 내가 현장에서 물러난 지금 이 트위터 그룹은 한국의 다른 동물보호 활동가들을 지원하고 있다.

친구 마르셀라도 빼놓을 수 없다. 구조가 끊이지 않는 만큼 구조 차량 스타렉스가 자주 말썽을 피웠다. 때마침 내셔널지오그래픽 임원이었던 마르셀라로부터 연락이 왔다. 2017년 크리스마스에 받을 보너스 전체를 나에게 기부하겠다는 것이었다. 새

차량이 필요하다는 나의 말에 마르셀라는 사내에서 모금을 진행해 자동차 구입비 전액을 대리점으로 송금해 주었다. 새 차에는 "그만 드세요" 스티커가 덕지덕지 붙어 있어, 움직이기만 해도 홍보가 되는 효과가 있었다.

나의 인생에 자양분이 되는 가르침으로 방향성을 잡아 준 스승들께도 감사를 전한다. 스탠포드대 강연 때 친견했던 달라이 라마, 한국 첫 방문 때 함께했던 틱낫한 스님, 생태학자이신 김승수 전 전주시장님, 따스한 용서의 영혼 신영복 선생님, 미사 때 멀리서나마 뵈었던 김수환 추기경님, 진정한 부처님의 제자 도법 스님, 자비에 냉철함을 동반하신 법정 스님, 종교 간의 대화에 앞장섰던 김경재 목사님과 한신대 채수일 총장님, 호흡 수행법을 가르쳐 주신 이태영 원장님, 댁으로 찾아가면 늘 반갑게 맞아 주시던 우리나라 동물복지 1세대이자 '카라'의 초대 대표 강은엽 교수님, 생명체 학대방지 포럼의 대표 박창길 교수님. 모두 나에겐 빛과 소금 같은 분들이다.

큰절을 올리고 싶은 분들이 끝없이 소록소록 떠오른다. 한 마리부터 300마리까지 셀 수 없이 연이었던 구조 활동, 그리고 안정적인 보호소 운영에는 봉사자들의 땀과 열정이 스며 있다. 한 번이라도 봉사를 와 주었던 모든 분께 이 글로 감사 인사를 대신한다. 마주친 적은 없더라도 오늘도 곳곳에서 어려움이나 위험에 처한 동물을 구조하고 돌보는 동물보호 활동가들, 누구 하나 알아주지 않아도 길거리 멍냥이의 밥을 챙기는 분들, 임시보호와 보호소 봉사 등 다방면으로 힘을 보태고 계시는 봉사자 분들께 감사를 보낸다. 봉사나 입양으로 함께 하지 못해도 악조건 속에서 구조에 힘쓰는 분들도 많이 만났다. 극적으로 구조되어 새 삶을 찾게 만들어 주는 구조자들에게는 이 우주가 합창하며 박수쳐 줄 것이라 믿는다.

긴 세월 속에서 모든 것이 점차 흐릿해져 정확한 시기와 이름을 기억하지 못하는 어려움이 있었다. 기억력과 지면의 한계로 전부 언급할 수 없어 죄송하지만 한 분 한 분이 마음속에 남아 있다. 아름다운 동행에 동참해 주신 모든 분이 나의 10여 년을 견딜 수 있게 한 막강한 힘이었다. 그래서 아직 난 이 세상이 살 만하다. 그 모든 분께 진심으로 축복의 마음을 전한다.

출처

1 법정, 『살아 있는 것은 다 행복하라』, 류시화 엮음, 조화로운삶, 2006년 2월.

2 스탠리 코렌, 『개는 어떻게 말하는가』, 박영철 옮김, 보누스, 2020년 11월.

3 "[사이언스카페] "킁킁, 열 받았네요" 개는 스트레스 냄새도 맡는다", 〈사이언스조선〉, 2023년 6월 10일, https://biz.chosun.com/science-chosun/science/2022/09/29/ZZSX53ASFREQXOJXS3HJGBCE4I/

4 권영미, "[100세건강] 강아지·고양이 쓰다듬을 때 우리 뇌에서 일어나는 일", 〈뉴스1〉, 2022년 10월 19일, https://www.news1.kr/society/general-society/4836301

5 콘라트 로렌츠, 『인간, 개를 만나다』, 구연정 옮김, 사이언스북스, 2006년 2월.

6 마크 롤랜즈, 『철학자와 늑대』, 강수희 옮김, 추수밭, 2024년 1월.

7 김지숙, "'보신탕' 될 뻔한 진돗개 11마리… 진도군 개농장서 구조", 〈한겨레〉, 2021년 10월 5일, https://www.hani.co.kr/arti/animalpeople/companion_animal/1013974.html#cb

8 고은경, "독일이 반려견 하루 최소 2번 산책시키는 법안 발의한 까닭은", 〈한국일보〉, 2020년 8월 20일, https://www.hankookilbo.com/News/Read/A2020082020090004911?did=NA

9 영국 동물복지위원회(FAWC), 「동물복지 연구개발의 우선순위에 관한 보고서(*Report on Priorities for Animal Welfare Research and Development*)」, 1993년 5월.

10 데이비드 멜러, 「동물복지 사고의 진화: '5대 자유'를 넘어서 '살 만한 삶'으로(*Updating Animal Welfare Thinking: Moving beyond the 'Five Freedoms' towards 'A Life Worth Living'*)」, 《Animals》 6권 제3호, 2016년 3월, https://doi.org/10.3390/ani6030021

이 책을 만드는 데 협조해 주신 입양자와 봉사자 분들께 감사드립니다.

출처 확인이 어려운 일부 자료는 확인되는 대로 정해진 절차에 따라 처리하겠습니다.

개에게 배운다

1판 1쇄 찍음 2025년 5월 26일
1판 1쇄 펴냄 2025년 6월 5일

지은이 | 김나미
발행인 | 박근섭
책임편집 | 김하경
펴낸곳 | 판미동

출판등록 | 2009. 10. 8 (제2009-000273호)
주소 | 06027 서울 강남구 도산대로 1길 62 강남출판문화센터 5층
전화 | 영업부 515-2000 편집부 3446-8774 팩시밀리 515-2007
홈페이지 | panmidong.minumsa.com

도서 파본 등의 이유로 반송이 필요할 경우에는 구매처에서 교환하시고
출판사 교환이 필요할 경우에는 아래 주소로 반송 사유를 적어 도서와 함께 보내주세요.
06027 서울 강남구 도산대로 1길 62 강남출판문화센터 6층 민음인 마케팅부

ISBN 979-11-7052-618-6 03810

판미동은 민음사 출판 그룹의 브랜드입니다.